思想觀念的帶動者

文化現象的觀察者

本土經驗的整理者

生命故事的關懷者

心靈工坊 PsyGarden

Grow Up

愛的開顯就是恩典，
心的照顧就是成長；
親子攜手，同向生命的高處仰望，
愛必泉湧，心必富饒。

閱讀奇幻文學

ファンタジーを読む

喚醒內心的奇想世界

河合隼雄—著
河合俊雄—編
林詠純—譯

河合隼雄・孩子與幻想系列

目錄

「河合隼雄．孩子與幻想系列」發刊詞

河合俊雄

這一個系列收集了父親河合隼雄以「孩子」與「幻想」為主題所寫的書，作為「心理治療」系列的延續。

對於心理治療師河合隼雄來說，「孩子」當然是一個重要的主題。在蘇黎世取得榮格分析師的資格，於一九六五年回國之後，首先面對的就是不願上學的孩子們。其中一位少年敘述一個「肉的漩渦」的夢，促使他超越個別的母子關係，開始思考日本普遍的母性所具有的力量與破壞性。這也顯示了「孩子」這個主題的重要性與廣度。在這個系列的《孩子與惡》、《轉大人的辛苦》兩本書當中，河合隼雄針對他透過心理治療所看到的孩子問題，以及孩子存在的本質，作了深刻的思考。

不過，這個系列的另三本書《故事裡的不可思議》、《閱讀孩子的書》、《閱讀奇幻文學》，主要的內容是河合隼雄對於被概稱為「兒童文學」的各種作品，所進行的閱讀與解釋。河合隼雄一再強調，所謂的兒童文學，不只是寫給兒童看的。兒童文學也適合大人閱讀，而且它遠比凝聚了複雜寫作技巧的文藝作品，更能夠碰觸到「靈魂的真實」。就像古老的諺語「七歲以前是神的孩子」所說的，孩子接近神，也接近靈魂。按照河合隼雄的說法，對孩子來說，現實的多層性以幻想小說的形式，比較容易顯現其樣貌。「孩子清澈的目光，比大人渾濁的眼睛」更容易看到靈魂的真實。在這個意義下，所謂的「孩子」並不是一種對象，而是一種視點、一種主體。而河合隼雄在《閱讀孩子的書》的導言〈為什麼要讀孩子的書？〉中關於該問題的的說明——「閱讀童書，和心理治療中與個案的面談，有相通之處」，也就更具說服力。

從以上的描述我們不難看出，「孩子」對河合隼雄來說，確實是非常重要的主題。他有許多本書以「孩子」為標題，其他的著作也大多與孩子有關。在這個意義下，我認為「孩子與幻想」系列將這個主題下的數本著作集合在一起，以平易近人的文庫本[1]形式重新出版，意義重大。不過，有關這個主題非常重要的《孩子的宇宙》一書，因為已經以新書版[2]的形式出版，並沒有收錄在本系列之中。此外，系列中的《轉大人的辛苦》以及《青春的夢與遊戲》二書，除了孩子的主題之外，還探討了青年期的問題。

今年，我們即將迎接河合隼雄的七回忌[3]。希望本系列叢書的發行，能夠成為對故人的一種紀念。系列中的部分著作，當初並非由岩波書店發行初

1 譯註：文庫本是日本出版界通行的一種叢書規格，A6 規格，大小約為 148×105mm，多為平裝。售價低廉、攜帶方便，以普及為目的，故主要為經典名著、以及其他重要書籍的再版。（台灣心靈工坊出版的本系列中譯本，因應國人閱讀習慣，並未沿用文庫本規格。）

2 譯註：新書是日本出版界通行的另一種叢書規格，大小約為 173×105mm。相對於文庫本，新書多半是新的著作。

3 譯註：七回忌是日本佛教傳統中，悼念往生者的重要法事之一，於歿後六年舉行。

版，有關這些部分版權的讓渡，非常感謝講談社的理解。此外，對於在百忙之中爽快地允諾為此系列撰寫導讀的各位先進，以及為此系列的企畫、校訂付出許多心力的岩波書店的佐藤司先生，謹在此致上我衷心的感謝。（林暉鈞譯）

二〇一三年五月吉日

河合俊雄

〔推薦序1〕

面對面的讀書會

林世仁／兒童文學作家

高中時，曾經忽來一想：《梁山伯與祝英台》會不會是「心的舞台」外射、投影出來的故事？這個想像雖然毫無根據，但心的兩種能量化身成角色，相互爭鬥，具現成故事，卻讓我著迷了一陣子。因此，知道愛聊天的河合阿伯這次要來談「奇幻故事」，我充滿好奇：河合阿伯會怎麼探索奇幻故事呢？

十個篇章，十本書。每一本書都像是來到心裡診療室的病患，被阿伯細心導引，娓娓道出心事。一般讀者常常會把「奇幻故事」看成炫奇的幻想，追尋躍動其間的新鮮刺激，享受的是神遊現實之外的「架空快感」。河合阿伯卻把奇幻故事看成「靈魂的故事」，拉大鏡頭，看見情節後頭的靈魂舞台。這個觀點一下就把奇幻文學從高空上的虛幻拉回到潛意識的真實底層，同時也把兒童文學從「兒童」推舉到「靈魂」的高度。從這視野看進去，奇幻故事因此閃現出不同亮彩，尤其重要的是——帶進了生命的風！我最喜歡也最佩服河合阿伯的地方，就在於他打開了「由故事走進靈魂」的蟲洞。這本書一如他的其他作品，也是一個示範。

大概是想留下完整的「病歷表」吧，河合阿伯習慣於一邊敘述故事一邊眉批。這樣的「夾敍夾議」，有好處也有壞處。對於沒有中譯本的書，很方便就幫我們抓出了一個大略輪廓；對於讀過但劇情卻早已還給時間的故事，也有重點回顧的功能。但對於我們已熟悉的作品，就不免稍嫌重覆。有時候還真想對阿伯說：「阿伯，您這一杯茶兑太多水了啦！」不過這也是沒辦法的事，茶葉不兑水、不熱氣烹轉一回就飄不出茶香。河合阿伯厲害之處，就在於他總能抓住那茶香一縷、輕飄慢揚的幽微時刻，話語一轉就點中故事的穴點！為了等待那眉批一點，稍稍忍耐一下也很划算。

喝茶聊天看似散漫，但讀到一半，我忽然覺得：這好像是河合阿伯為我一個人開的讀書會喔！這大概正是河合阿伯的魅力所在吧？他的淺白話語總是有一種「親切的臨在感」，完全的「我語說我心」。任何一位讀者翻開書，他都像坐在你面前，只為你一個人開講似的，開始一場「面對面的讀書會」。這對學生時代沒參加過讀書會的我來說，好像補足了一次癮。

《地海系列》是書中談論最多的作品，老實說，我很喜歡《地海巫師》，覺得比《哈利波特》更好看！但對於接下來的《地海古墓》、《地海彼岸》就讀得悶悶倦倦了。但這「三部曲」恰好是阿伯的心頭好，被他一點，我也確實感受到這後兩本書，雖然故事上冗冗長長，但精神意義上卻展現出了靈魂更新的拓展。

相反的，《獅心兄弟》的討論就比較不過癮！這一本書，至今恐怕仍會讓某些人聯想到「鼓勵自殺」吧？死的問題跟生的問題一樣，都是小說的大哉問。特殊時刻需要特殊小說，或者說，我們平常讀的小說，不全然迴映至當下，而是折進某時某刻某種偏斜的心靈角落而預作暖身。那角落少開啟、少碰觸，因此談時就需要更謹慎的嚮導。阿伯在這裡情節說得詳細，眉批卻吶喊著似乎還沒有說完呢！不過他把故事中的三個世界對應到前世、今生與來世，讓我們試著想像：「此生」其實是「前世」。這角度的乾坤大挪移，的確是一大奇想！

除了跟隨阿伯一一巡禮書中作品之外，把書中介紹的作品兩兩對看，也十分有趣，例如《人偶之家》和《七個人偶的愛情故事》。最特別的是《瑪麗安的夢》跟《湯姆的午夜花園》，它們同樣在一九五八年出版，也同樣處理了夢境與現實的交錯題材。主角都是生病的小孩，一個是女孩，一個是男生，恰好在不同性別上分別探索了「奇幻」的共同魔法。但是在「故事氣味」上，後者守在少年小說而親近兒童，前者卻在少年小說中往上延伸，只要再往上跨一步，就能走進村上春樹的「兩個世界」。所以《瑪麗安的夢》似乎更能代表少年與成人共有的奇幻經驗。它就像村上小說在少年小說中的投影——或者倒過來說，村上小說是這本小說在成人世界的投影。它們共同處理的「兩個世界」，恰是奇幻小說的神祕中心。河合阿伯對村上小說有興趣，大概也是因為那其中充滿了「靈魂的真實與變形」吧？

《瑪麗安的夢》跟《湯姆的午夜花園》中的奇遇都源自於生病，阿伯解釋說：「生病能讓人把注意力擺在自己的內在……疾病的造訪，多半是為了充實內在的工作。」這句話真是太療癒了！如果能把病痛看成一份靈魂的修煉，那麼痛苦雖然不能減少，卻能多出一份觀看與祈盼。

這也是我讀河合書，最常有共鳴的地方。他總是能把陽光帶進負面的角落，讓我們感受到生命的無限可能。他說：「人類的存在擁有無限的擴張性。如果將『我』這個人所具備的一切事物全部展現出來，不知道會有多驚人。」我也是如是想，那力量有驚人的黑暗，也有救贖的光亮。還好這些靈魂的「非日常運作」能透過創作，在奇幻故事裡得到釋放、轉化與療癒。

河合阿伯不是泛靈論，但應該是相信萬物萬事都充滿了「靈魂的話語」，或者說它們都是「靈魂投射的對象」。靈魂不能被肢體、五官局限的部份，必須投射到另一個場域去修練，而這恰是奇幻故事可以提供的。於是，閱讀好的奇幻故事便不僅僅只止於娛樂，還是一種靈魂的呼喚與洗滌。

套用書中提到的《七個人偶的愛情故事》，這本書也可以看作是「十部奇幻作品的靈魂故事」。在討論《魔法師的接班人》中，他說：「仔細想想，這個世界上沒有什麼魔法能比從女孩變成少女更神奇。」仔細想想，河合阿伯好像對於任何有關於「人」的事，都抱持著同樣不可思議的驚歎和探究。這種「河合式」的觀點和述說態度，本身就是一種很療癒的能量。這些被他選中、供作教材的十本書，一定也都很開心吧！

〔推薦序2〕

河合隼雄的奇幻視界

葛容均／國立台東大學兒童文學研究所助理教授

當我得知河合隼雄撰寫了一部關於奇幻文學的論著，心裡真是既興奮又期待！因為自己過往的領域（英美文學）關係，至今即便身在兒童文學界，我主要接觸的仍是西方（歐美）兒童文學、奇幻文學及相關論著。因此對於這位知名日本心理學家如何談論奇幻文學，與歐美學者的視角有何不同，著實感到好奇。

不同於嘗試將奇幻文學分門別類加以探究的西方學者，諸如John Clute與John Grant（*The Encyclopedia of Fantasy*, 1997）、Farah Mendlesohn（Rhetorics of Fantasy, 2008）、Philip Martin（*A Guide to Fantasy Literature*,

2009），河合隼雄的《閱讀奇幻文學》讀來有些類似於Rosemary Jackson依據精神分析切入研討奇幻文學的論著（*Fantasy: The Literature of Subversion*, 1981），以及Bruno Bettelheim以心理學角度談論童話閱讀的作品（*The Uses of Enchantment: The Meaning and Importance of Fairy Tales*, 1976）。當Jackson與Bettelheim的奇幻論述分別具有拉岡和佛洛伊德的理論取徑，讀者不難發現河合隼雄將他自身對於榮格分析心理學的知識，平易近人地融入奇幻作品的討論。將理論「平易近人」地捎進作品信息的分析並非容易之事，而河合隼雄在《閱讀奇幻文學》中展現了能夠將理論信手捻來的功力，足以作為其他研究者取經的對象。

Rosemary Jackson、Bruno Bettelheim及河合隼雄這些東西方學者皆轉向以心理學角度檢視奇幻文學所具備的精神意義與心靈價值。在他們的研討之下，奇幻文學不再僅是提供經驗異世界驚奇或異域冒險的娛樂文學，他們的探究不約而同訴說著奇幻文學的閱讀是趟面對及挑戰自我（慾望、恐懼、想像或投射之他者等）的內在歷程，饒富自我認知甚至療癒的可能。

我欣賞河合隼雄貫穿全書的核心論述：「**將幻想視為靈魂的展現**」。河合隼雄以十個章節帶領讀者細細品味西方奇幻文學中展現靈魂的作品主題，並輔以身為心理治療師的洞見，使得「閱讀奇幻文學」並非只是專家學者或類型文學愛好者的事，奇幻文學的閱讀能夠讓我們更加了解「靈魂」，包括「**靈魂世界的時間流動方式**」（參見〈第五章：菲利帕・皮亞斯《湯姆的午夜花園》〉），是你我皆好加思索、大小讀者都該與之相遇的事。

河合隼雄為這本專書討論挑選了十部兒童奇幻作品。我同樣欣賞作者對兒童文學所下的新鮮注解：

> 為什麼兒童文學適合描述靈魂呢？因為成人無論如何都會受限於這個世界的系統與機制，換句話說就是所謂的常識，所以難以看見靈魂。但孩子就沒有這個問題，他們的眼睛能夠清楚看見「靈魂的現實」。兒童文學如實地描述了孩子眼中所見的現實，因此與靈魂關係密切。成人的文學即使寫到靈魂，也因為必須顧慮成人之間的規則，所以難免會變

得複雜、曖昧。

河合隼雄這番話說得真好。兒童文學中的確充斥著「許願」、「借物」、「人偶」、「影子」，當然還包括「動物」及「（非人偶）玩具」這些敍事材料來具象化人（兒童）與其靈魂的關係。我慶幸，除《湯姆的午夜花園》和「地海」系列外，河合隼雄能夠跳過西方學者已多言論的作品如：《彼得潘》、《黑暗元素三部曲》、《哈利波特》系列、《少年Pi的奇幻漂流》等，獨具慧眼地為我們挑選了《瑪麗安的夢》、《人偶之家》、《七個人偶的愛情故事》這樣的作品進行細讀與賞析。

然而，不論是在他處言談兒童文學（《故事裡的不可思議：體驗兒童文學的神奇魔力》、《閱讀孩子的書：兒童文學與靈魂》），或於此部專書內析論奇幻作品，河合隼雄最令我感動的，莫過於他將自己置身為一個誠摯真切且深具好奇心的讀者。河合隼雄確實能以身為心理治療師的身分提出洞見，從文學中窺得心理學理論的應用與實踐，但河合隼雄總是先於心理學專家之前，已然成為一名謙卑、懷有童真之眼的讀者。不例外地，《閱讀奇幻文學》讓我們看見一個好發問、喜思索、會驚奇，能夠展現真實情感之讀者反應的河合隼雄。而這樣一個和奇幻作品理性交遇、與之感性振動的讀者，才是最合適閱讀奇幻文學的靈魂。

兒童文學與靈魂

河合隼雄

兒童時代

小時候，我是個愛看書的小孩。我生長在「丹波篠山」[1]——在那時候幾乎是「鄉下」的代名詞——這個地方，一般來說小孩子是不怎麼看書的。雖然我們家每個月都會固定購買《少年倶樂部》雜誌[2]，但是像我們這樣的家庭很少。我的父親是位牙醫師，在篠山市應該算是一個「知識份子」吧！還有一件事應該也是當時少有的，那就是我們家擁有全套アルス（ARS）[3]出版社的「日本兒童文庫」。然而，因為父親認為「小孩子應該活潑地在戶外玩耍」，我家有一條規矩：小學生除了星期六以外，不可以閱讀教科書以外的書籍（不過升上中學以後就可以有相當的自主性）。

四年級的時候，因為母親在一旁幫忙求情，我們得到父親的許可，只要做完學校的功課，星期天也可以看書。因此我珍惜所有閒暇，把時間都拿來閱讀。這時候發生了一件事，讓我在星期六、日之外，也有看書的好機會。我因為生病而向學校請了長假，後來雖然差不多痊癒了，父母親為了慎重起見，還是讓我在家休息。我已經恢復精神，又沒事可做，於是原本就不反對我看書的母親，就違反了父親的規定，破例讓我盡情地看書。哥哥弟弟都上學去了，我可以獨佔母親，母親也比平常更溫柔，再加上可以看自己喜歡的書——我到現在都還記得那段生病的時間，那種無可言喻的快樂。當時有一種「腺病質」的說法，形容體弱多病的小孩，我正是那種典型。一方面因為

1 譯註：篠山市位於日本兵庫縣中東部，古時候屬於丹波國地區，故名。
2 譯註：講談社在一九一四年到一九六二年之間發行的月刊少年雜誌。（林詠純註）
3 譯註：日本詩人北原白秋的弟弟北原鐵雄創立的出版社，ARS是拉丁文「藝術」之意，該出版社現在已經不存在了。（林詠純註）

病弱而覺得丟臉，另一方面又好像享有某種特權而感到高興，我兩種滋味都嚐到了。

哥哥們把讀過的《少年俱樂部》連載的部分剪下來給我，幫我裝訂成「書」。多虧了他們，我得以閱讀山中峰太郎、高垣眸、佐佐木邦等人的**傑作**。但一方面因為是拼裝的書，同時也受到哥哥們批評的影響，很可惜當時我並不特別覺得《少年俱樂部》的連載有趣。儘管如此，我還是很喜歡佐佐木邦的〈隔壁的英雄〉。就在那時候，《少年俱樂部》開始連載〈杜立德醫生的船旅〉4。這部作品和我以前讀過的故事都不一樣，散發出特別的氣氛，讓我大為感動。

我還記得當時連載的標題是〈杜立德醫生的船旅〉（後來以日文版《杜立德醫生航海記》為標題出版了單行本），刊印在黃色的紙面上，很容易辨認。所以每次我一拿到《少年俱樂部》，第一件事就是翻開〈杜立德醫生的船旅〉閱讀。哥哥們也都喜歡〈杜立德醫生的船旅〉。杜立德醫生認識一位名叫「史塔賓斯」（Stubbins）的少年，總是以對等的態度與他相處，讀到這些地方總是讓我欣喜異常。書中那些高尚的幽默也深深地吸引我。

除了《杜立德醫生航海記》，孩童時代讓我難以忘懷的閱讀經驗，還有德國作家凱斯特納（**Erich Kästner, 1899-1974**）的《我和我的好朋友》（***Pünktchen und Anton***）[5]。當時有「世界少年少女文學全集」這樣一套叢書，我家只有其中的一冊，第一篇是英國作家吉卜林（**Joseph Rudyard Kipling, 1865-1936**）的《里奇－第奇－塔維》（***Rikki-Tikki-Tavi***），接下來是托爾斯泰的寓言，最後就是《我和我的好朋友》。我的心完全被凱斯特納的幽默奪走了。和令人「血脈賁張」的少年俱樂部不同，一種說不出的西洋風

4　編註：本書有中文版《杜立德醫生航海記》（*The Voyages of Doctor Dolittle*），國際少年村，一九九六年；河北少年兒童出版社，二〇一三年。

5　編註：本書有中文版《我和我的好朋友》（*Pünktchen und Anton*），賴雅靜譯，聯經，二〇一五年。

與時髦感，讓我無法抗拒。

托爾斯泰的寓言裡有一些短篇，比如〈人依靠什麼而活？〉6、〈有愛的地方就有上帝〉7等等，在我心中留下了深刻的影響。雖然還是個小孩子，當時我心裡已經產生疑問——為什麼西方的作品比日本的作品，帶給我更深的感動呢？我感覺到這些作品影響我的層次是不同的。從那時候開始，我就對西方產生了強烈的憧憬。

大概在升上小學五年級的時候，我開始從圖書館借閱《巖窟王》8、《三劍客》9之類的小說。我還記得曾經在半夜閱讀《鐵面人》10，被書中挖掘墳墓的場景嚇得睡不著覺。升上國中以後，得知《巖窟王》是兩巨冊《基度山恩仇記》11的簡要版，一股難以克制的衝動，讓我廢寢忘食地閱讀原著。那段時間的狂熱讓我不管看到什麼都聯想到「基度山」，兄弟們甚至嘲諷我是「基度山黨人」。

國中一年級的時候，日本與美國之間爆發戰爭。雖然每當日本戰勝，我就欣喜若狂，另一方面卻也對於日本和誕生《杜立德醫生》、《基度山恩仇記》的國家作戰，心裡感覺遺憾。當時雖然流行「鬼畜英美」的說法，但我總是無法認為所有敵國的人都是「鬼」。我夢想著總有一天要到歐洲去，可是也覺得對自己來說，那是不可能的事。

---

6 編註：本書中文版〈人依靠什麼而活〉（What Men Live By），收錄在《人依靠什麼而活：托爾斯泰短篇哲理故事》，木馬文化，二〇一五年。

7 編註：本書中文版〈有愛的地方就有上帝〉（Where Love Is, There God Is Also），收錄在《傻子伊凡》，志文，二〇〇七年再版。

8 譯註：《巖窟王》是日本作家黑岩淚香（1862-1920）根據大仲馬的《基度山恩仇記》所改寫的小說。

9 編註：《三劍客》（*Les Trois Mousquetaires*），十九世紀法國作家大仲馬（Alexandre Dumas, 1802-1870）著，商周，二〇〇五年。

10 編註：《鐵面人》（*Louise de la Vallière*），十九世紀法國作家大仲馬著，遠景，一九九八年。

11 編註：《基度山恩仇記》（*Le Comte de Monte-Cristo*），十九世紀法國作家大仲馬著，遠流，二〇〇五年。

與兒童文學家的交流

我和童書的淵源，不幸在國中時代斷絕了。復活的契機，是因為我的孩子開始看書。我分冊購買《杜立德醫生》系列以及凱斯特納的作品，最後集合成完整的全集。這期間我和孩子一起讀這些書，越來越加深我對兒童文學的愛好，也開始認識新的作家。

出版《如影隨形：影子現象學》（『影の現象学』）12之後，我認識了勒瑰恩（Ursula Kroeber Le Guin, 1929-）這位作家，以及她了不起的傑作《地海巫師》（地海六部曲 I）（*A Wizard of Earthsea—Earthsea Cycle I*）13，一讀之下大受吸引。從此我迫不及待地等候續集問世，陸續讀完了全六冊。我認為這套書所講述的是「自我實現」這件事，於是在岩波書店主辦的市民講座上，以這套書作為演講的題材。也因為這個機會，認識了今江祥智與上野瞭兩位兒童文學作家。這段經過我曾經在其他場合敍述過（『河合隼雄著作集6「序說」』）。

日本人通常有很強的領域防衛意識，不喜歡其他領域的人侵入自己的範圍，因此有一段時間我很謹慎，不發表任何有關兒童文學的意見。但後來我發現，兒童文學世界的人完全沒有這種防衛意識，更進而接二連三認識了很多日本兒童文學的評論家與作家，從他們身上學到許多東西。如今回想起來，這樣的幸運有很大部分來自今江祥智先生種種周到的設想，真的要衷心感謝他。先不說別的，那時候有人告訴我，關於兒童文學我的知識太過老舊，應該要閱讀一些新的作品。當時今江先生所任教的「聖母女子學院短期大學」，由「兒童文化研究室」發行了《兒童文學》這份期刊，每一期都有今江祥智、上野瞭、灰谷健次郎所推薦的書單，還附有適當的解說。我就根

12 編註：本書中文版《如影隨形：影子現象學》，河合隼雄著，揚智文化，二〇〇〇年。

13 譯註：《地海巫師》描述一位天賦異稟的少年「格得」，和自己的影子戰鬥的故事，日文版的書名為：『影との戦い　ゲド戦記Ⅰ』。

據這份書單，一點一點地讀下去。

和小時候不同的是，如今我不再是「書蟲」，讀書的時間也很少。看到想讀的書就先買下來，乘坐交通工具的時候，手上有什麼就讀什麼。麻煩的是，我本來就是容易掉淚的體質，偏偏兒童文學中賺人熱淚的場面特別多，經常在電車裡止不住眼淚而尷尬不已。讀完今江先生的《小少爺》（『ぼんぼん』）我才認識到，原來日本是有兒童文學的，而且和我小時候所知道的《快傑黑頭巾》之類的作品，很不一樣。我之所以對兒童文學有興趣，並不是因為它是「孩子的讀物」。當然，作為孩子的讀物，兒童文學有它的實用性。但我之所以關心兒童文學，是因為它不論對大人或對孩子來說，都非常重要。

一九八一年季刊《飛行教室》發刊了。儘管我是兒童文學的門外漢，但是在今江先生的舉薦下，我加入了石森延男、今江祥智、尾崎秀樹、栗原一登、阪田寬夫等人，成了編輯陣容之一。過去我來往的多半是所謂的學者，能夠像這樣和從事創作的人來往，對我來說真的是非常快樂的事。我也認識了乾富子[14]女士，曾經在她的邀請下，到她主持的「慕西卡文庫」（ムーシカ文庫）[15]演講。現在我一方面實在太忙，另一方面又意識到演講的害處，所以刻意盡量不接受演講的邀約，但是在一九八〇年代初期，我和兒童文學相關人士往來甚歡，經常不知天高地厚地出席各種演講會或研習會。

因為到處露面，我得以認識了灰谷健次郎、長新太、佐野洋子、神澤利子、工藤直子、清水真砂子等兒童文學家，還有谷川俊太郎、鶴見俊輔、森毅等等令人愉快的人們（雖然這幾位不能算是兒童文學家）。因為從事心理治療，「靈魂」對我來說，是非常重要的事，不過在心理學家的同僚之間，

14 譯註：乾富子（1924-2002）日本兒童文學作家。以本名的平假名「いぬいとみこ」作為筆名。曾經創立以兒童為對象的小型圖書館「ムーシカ文庫」。

15 譯註：這裡「文庫」的意思是專業或專題的圖書收藏，可以是大型圖書館、博物館、美術館中的某一收藏室，也可以是獨立的小型圖書館。和出版品的「文庫版」意義不同，請讀者注意。

談到這個話題必須極度謹慎。但是和兒童文學世界的人在一起，我可以直話直說，不用瞻前顧後，而且這裡的人們，可以很自然地談論他們對於靈魂的思考與認識，就像在敍述日常生活的事一樣，所以和他們談話非常愉快。

記得應該是一九八〇年代初，我接受福音館書店社長松居直先生邀請，到JBBY（日本國際兒童圖書評議會）演說。我談的是當時一般人還不熟悉的「瀕死經驗」（near-death experience），並且嘗試從這個觀點解讀宮澤賢治的《銀河鐵道》。本來自覺有點冒險，結果聽眾的反應很好，讓我非常高興。那時候有一位聽眾表示聽了我的演說「身體顫抖，不知所措」，使我印象深刻。我感覺得到他們真心的理解。像宮澤賢治這樣的名作，具有某種能夠影響我們的力量，而且其作用超出一般所謂「心」的領域。正因為如此，我才會刻意使用「靈魂」這樣的字眼。總之——稍後我還會提及——接觸這些兒童文學名著、和兒童文學家們交往，在相當大的程度上，促進了我身為心理治療師的成長，我心裡充滿感謝。

「閱讀」作品

從《飛行教室》創刊開始，我就以「閱讀孩子的書」為題發表連載，每一期討論一本兒童文學的名作。這個系列沒有處理奇幻文學的作品，於是接著「閱讀孩子的書」之後，我繼續在《飛行教室》連載「閱讀奇幻文學」系列。這兩個系列的文章就收錄在本叢書之中（雖然礙於篇幅，有一些文章不得不割愛）。

我重新讀一遍過去讓我感動的書，同時也參考別人推薦的書單，每次從中選出一本來討論。選書方面並沒有什麼客觀的標準，完全是我個人主觀的喜好。不管怎麼說，我認為「這個我喜歡！」的感覺是最重要的。只要真心喜歡，有時候就好像筆自己動起來一樣，每一篇都是一氣呵成，經常在寫作的過程中，自己也興奮了起來。

因為這個緣故，這些文章和一般的書評或作品論不同。簡單來說，我不是從「外部」，而是從「內部」閱讀這些作品，察覺自己內心對這些作品的反應，原封不動地寫下來。從「外部」閱讀作品，不只要認識作品本身，還要了解作者的經歷，對兒童文學的歷史也必須有相當的知識，總之需要許多的準備。從「內部」閱讀則不需要任何準備，而是要全心潛入作品之中，盡最大可能與作品中的人物共享相同的經驗。這樣做需要另一個自己，從外部觀察「正在感受這些經驗的自己」。只不過在兩個「自己」之間，必須保持極微妙的平衡，如果傾向任何一邊，就無法順利進行。話雖如此，若是一開始就掛心平衡的事，是沒有辦法潛入作品之中的。

「不需要任何準備」聽起來好像很輕鬆，其實潛入作品內部所耗費的精神與體力，並不亞於外在的準備所需。仔細想想，這可以說和我從事心理治療所做的，是同樣的事情。眼前不論是人或作品，我都是以一對一的方式，全心全意地面對。只有一點是不同的——以這種態度所接觸到的人，沒有任何一個是「無趣」的，但有時候的確會遇到無趣的作品。這是傷腦筋的地方。

閱讀兒童文學的傑作，可以感覺心靈受到洗滌，受到安慰，有時甚至能得到活下去的勇氣。在這本書裡我所揀選的，全部都是這樣的作品。或許有人會嫌我多事——我已經有這樣的心理準備——但是我想跟所有的人說，「不讀這樣的書，是你人生的損失」。要是有人告訴我，因為讀了我所寫的，有關兒童文學的書，進而閱讀原作，那就真的是太高興了。

在尋找「非討論不可」的書的過程中，我發現找到的日本作品很少。如果選擇的標準是我「喜歡」的書，再怎麼看都是外國的作品比較多。「並不是那麼喜歡，只因為是日本的作品，所以拿來當作題材」——這樣的事我做不到。如果不是真的喜歡，是無法下筆的。所以當我讀到長新太先生的《堆啊堆啊　喵～》（『つみつみニャー』）的時候，真的很高興，選了幾本長新太先生的繪本，合併在一個單元裡討論。如果我們把討論的領域延伸到繪本去，我覺得有很多作品，和國外的作品比較起來毫不遜色。日本在繪本方面，有相當高的水準。

至於在奇幻文學方面，很遺憾地，我選的全部都是外國作品。不過，我在〈為什麼要讀奇幻文學？〉這一篇序論裡，倒是探討了多部日本人的短篇作品。這顯示了一個現象：雖然日本人的短篇奇幻文學中，有許多光芒耀眼的好作品，但是道地的長篇奇幻文學傑作，卻付之闕如。關於這一點，我有一些看法。

清楚地劃分人類意識與無意識的界線，強調明確意識的自主性，是西方近代的特徵。在近代以前，意識與無意識的區別是模糊的，外在現實與幻想的分界也不清楚。舉例來說，當我們閱讀日本中世紀16傳說故事集時，到哪裡為止是現實、哪些部分是幻想——以我們現在所使用的意義來說——是無法分辨的。換句話說，可以想見對古時候的人而言，這些全部都是「現實」。相對地，當意識明確化，人們開始以明確的意識理解外在現實的時候，幻想文學的形態也與之相應而完備地發展。

要正式討論這個問題需要長大的篇幅，我們暫且打住。不過，反過來思考自己就會發現，實在很難說我們和西方人擁有同樣的自我意識——話說回來，我並不認為我們應該變得和西方人一樣——所以也不容易產生西方人創作的那種規模龐大的幻想作品。不過，這個世界不斷急速改變，或許將來日本也會出現有趣的奇幻文學也說不定。讓我們期待今後的發展。

身為心理治療師

我的本業是心理治療師。因此，像這樣閱讀孩子的書，極端一點的狀況下，會被視為打發時間；比較能夠理解這份工作的人，也會認為我們真正的目的是了解孩子的心，讀孩子的書只是一種手段。但事實上對我來說，閱讀孩子的書和我作為心理治療師的職業之間，有著無法切斷的關係。

心理治療師這個職業，到底在做些什麼事？一般認為，我們的工作是減輕、解決人們的煩惱與痛苦。身為心理治療師，當然必須對這一點有所認識，但實際開始做這個工作就會知道，事情不是那麼簡單。如果把心和身體

16 編註：日本的中世時期始於十二世紀末的鎌倉幕府，終於十六世紀室町幕府的滅亡。

分開，分別思考它們的結構，我們會覺得心的構造，在相當程度上是可以理解的，而且運用這方面的知識幫助別人，也是可能的。但如果只是這樣做，並沒有太大意義。

思考結構或系統，當然是必要的；但因為人並非機器，光是從這些方面思考，不可能對人有全面的了解。人是有「生命」的；就算我們對心與身體的構造有再多的了解，也很難真正貼近人的「存在」。假設有某種東西，能夠將心與身體統合成一個整體，讓人成為有生命的存在，讓我們稱它為「靈魂」。雖然這樣的說法好像是畫蛇添足、多此一舉，但是說得明白一點，我們必須有所覺悟——「人」這種東西，從來沒有人真正了解過。我說「人有靈魂」，想表達的就是這一點。而且我們應該努力，盡可能地去了解人的「靈魂」。

才剛說完「從來沒有人真正了解過」，馬上接著說「努力去了解」，的確是互相矛盾的。但我覺得只有包容許許多多這樣的矛盾，才能夠透過親身的經驗，稍微「了解」靈魂的事。為了這個目的，我們必須讓難以理解的

「靈魂」顯現為看得到、聽得見的事物。那些覺得這種事不可能發生的人，我希望他們去看看孩子的書。對某個少年，它顯現為「夢幻中的小狗」；對另一位少女來說，則是「回憶中的瑪妮」[17]。透過這些作品我們可以具體了解，這種小狗或少女的意象，對於當事人的成長與復原，扮演了重要的角色。

我認為心理治療師最重要的任務，就是提供一個環境，讓前來尋求協助的人，以及自己的靈魂，可以發揮最大的能力。然而，這樣做是一件困難而充滿危險的事。在本書探討的幾部作品中，有幾位主人翁真的經歷了生死關頭。正因為我們從事的是如此危險的工作，認識、了解有關靈魂的事情，對

17 編註：指具有療癒功能的「另一個我」，見河合隼雄的《故事裡的不可思議》。瑪妮這個書中人物出現在英國作家、插畫家瓊・羅賓森（Joan Gale Robison, 1910-1988）所著《回憶中的瑪妮》（*When Marnie Was There*），王欣欣譯，台灣東販，二〇一四年。

心理治療師來說是絕對必要的。

那麼，為什麼兒童文學適合作為談論靈魂的題材？因為大人總是被這世上的體系與結構——也就是所謂的「常識」——所綑綁，不容易看到靈魂，而孩子的眼睛卻能夠率直地注視著「靈魂的現實」。兒童文學忠實地陳述孩子眼中所看見的現實，所以和靈魂有深深的關聯。大人的文學就算想要描述靈魂，卻因為不得不顧慮大人之間的許多「規則」，總是變得很複雜、很含糊。

因為有這樣的想法，所以我把兒童文學，當成心理治療師必讀的書來閱讀。既不是為了打發時間，也不是要發展第二專長。「認識靈魂」並不是一種知性的作業；它需要投入自己全部的存在。我面對這些作品，就像面對前來尋求幫助的個案一樣，經歷足以動搖自己存在的體驗。經由這樣的體驗，才有可能一點一點地「了解」靈魂。每一個作品都是極為不同、特別的，但如果我們能夠認識到它的個別性，它將引導我們走向普遍性。這和將心理學一般的規則「套用」到作品之上，藉以「解釋」作品，是完全不同的作業。

最近我又有了一個機會，得以重新閱讀今江祥智先生的《牧歌》，發現了一些非常要緊的重點，先前自己竟然沒有注意到，不禁愕然。毫無疑問地，本書所討論的這些作品，一定還有許多新的解讀方式。從今以後，我也將為了加深自己體驗的深度，而繼續努力。（林暉鈞譯）

〔序論〕

為什麼選擇奇幻文學

人們近年來對奇幻文學的評價愈來愈高，愛好者也逐漸增加，這是令人相當欣慰的事情。我也很喜愛奇幻文學，接下來打算挑選自己喜歡的作品進行討論，但本文首先想就奇幻文學談談自己的看法。

有些人一聽到奇幻文學，立刻聯想到是透過「空想」來逃避現實，所以批判這樣的作品，但奇幻文學沒有那麼簡單。奇幻文學非但不是逃避，甚至帶有挑戰現實的意味。我想就佐藤曉編輯的奇幻文學傑作選1中的作品，探討自己心目中的奇幻文學。

現實是什麼

我想探討的第一部作品，是大石真的《消失的小黑》（『見えなくなったクロ』）。春山一郎是個小學生，家裡養了一隻名叫小黑的狗。某天他上學時，平常總是陪著他的小黑卻不見了。一郎大聲呼喚，小黑依然沒有出現。他懷著疑惑去到學校之後，老師帶來了一名轉學生。令人驚訝的是，這個孩子長得和一郎非常像。他的名字是「犬丸太郎」，班上同學聽到這個名字之後哄堂大笑。一郎以為大家笑是因為犬丸太郎長得和自己很像，所以相當難為情，但實際上似乎沒有人發現這件事情。

後來又不斷地發生對一郎造成打擊的事情。一郎原本抄下別人刊登在舊

1 原註：佐藤曉編，《奇幻童話傑作選》Ⅰ、Ⅱ，講談社文庫，一九七九年。本章介紹的作品如果沒有特別說明，都收錄在該書當中，希望讀者也能閱讀該書。

雜誌上的文章帶去學校，想當成作文作業交上去，結果不知道為什麼犬丸太郎也做了同樣的事情，他不僅在同學面前朗讀這篇作文，還獲得老師稱讚。後來老師也請一郎朗讀他的作品，但一郎怎麼可能朗讀一模一樣的文章，他只好謊稱自己忘記寫作業，在同學面前失了顏面。

數學考試也是，原本只有一郎知道老師使用的題庫，每次都考一百分。但犬丸太郎不知道從哪裡弄來一郎的題庫，還拿給班上同學看，結果一郎因為手上沒有題庫而考得相當差。類似這樣的事情層出不窮，班上同學都說：「犬丸太郎已經取代春山一郎，成為班上紅人了。」一郎雖然不甘心，卻無計可施。某天他違反校規，自己一個人偷偷去看電影，竟發現犬丸太郎也來了。一郎覺得這正是天賜良機，遂寫信向學校密告這件事情。然而不知道為什麼，老師收到的密告卻是「春山一郎自己一個人去看電影」。一郎拚命辯解：「不只我，犬丸同學也一起去了。」但老師卻一臉奇怪地說：「我們學校沒有這個孩子啊。」一郎連忙環視整間教室，犬丸太郎卻不在裡面，而且就連老師與教室都不知不覺消失了。

一郎彷彿大夢初醒。原來如此，我還在上學途中啊。他蓄滿淚水的雙眼，看見小黑搖著尾巴跑過來。

這是一部讓我們思考「現實到底是什麼」的傑出作品。一郎在上學途中體驗的這個幻想般的瞬間，或許相當程度上改變了他對「現實」的看法。因為小聰明而成為班上紅人的一郎，恐怕有點瞧不起班上同學（還有老師）。作文也好，數學也好，只要抓住一點訣竅就能獲得成果。他心裡或許這麼想：「我才不像你們那麼笨呢！」但是突然從他心中出現的犬丸太郎，擊垮了他的高傲。我想犬丸太郎的存在，或許能夠幫助他從此之後將同學視為更親密的夥伴吧！

現實具有超乎想像的多層性。如果以為自己看到的「這個世界」就是唯一的現實，那就太膚淺了。一郎經歷了犬丸太郎的體驗之後，想必也會接連看見完全不同於自己先前所見的世界，並為此感到驚訝吧！

我們必須注意到，一郎的體驗從原本總是在身旁的小黑消失之後開始。人類建構的「現實」由許多不同的事物支撐，只要欠缺任何一項，都會呈現意想不到的樣貌。「犬丸太郎」這個名字也可以讓人感受到他與小黑之間的關聯性。一郎可能窺見了透過小黑的眼睛所看到的世界，又或者犬丸太郎將一郎偏向獸性的一面放大之後呈現出來。傑出的奇幻文學作品，能夠接連喚醒讀者心中的幻想。

在此雖然未觸及末吉曉子的《森林的故事》（『森の話』）內容，但這也是讓人思考「現實是什麼」的作品。耐人尋味的是這部作品也和前者一樣，出現了「另一個我」的主題2。

自主性

幻想是自心底湧現的事物，當事人無法控制，它的特徵是本身具有自主性。這個部分與單純的空想不同。腦中的空想可以在我們想停止的時候停下來，但幻想一旦發動，就擁有難以停止的力量。

岡野薰子的《雨天的小唐》（『雨の日のドン』），就成功地描寫出

幻想的自主性。這個故事的主角是一個名叫惠美的女孩子。某個雨天惠美獨自留在家裡，不知道從哪裡來了一隻名叫小唐的貓，而且小唐還會開口說人話。這裡的重點是惠美獨自一個人看家，因為幻想經常在孤獨的時候啟動。當我們身處人際關係中時，幻想會被太過強大的日常世界阻止，另外雨天時也比晴天容易發生。

惠美與來到家裡的小唐一起玩扮家家酒。不久之後，小唐又在下雨的日子——儘管外面雷聲隆隆——跑來找惠美玩。他們這次玩的是叢林遊戲，小唐扮演黑豹，惠美則扮演拿槍追捕黑豹的獵人。但是愈玩愈不對勁，小唐扮演的黑豹彷彿變成真正的黑豹一樣，邊發出吼聲，邊跳向惠美的肩膀，外面也電光閃閃、雷聲隆隆。

2　原註：關於「另一個我」，請參考：河合隼雄，〈兒童文學中的「另一個我」〉，《來自「兔子窩」的訊息》，MAGAZINE HOUSE，一九九〇年。

黑豹的眼中閃著光芒，化為純黑的旋風，跳過一棵又一棵的樹。

轟隆。轟隆。

黑豹在叢林裡橫衝直撞，追著惠美跑。

就在千鈞一髮之際，媽媽回家了。外面也雨過天晴出現彩虹，「小唐維持著半是黑豹的樣子，跳出窗戶揚長而去」。

惠美與小唐的往來之後依然持續，但在此先不提後續發展，光從前述的情節來看，小唐逐漸變成真正的黑豹，惠美對此卻束手無策，這一點令人印象深刻。如果將小唐化身為黑豹的變化，想成是源自於惠美心中的幻想不斷膨脹，就能發現這個故事非常成功地描寫出幻想是如何自主性地啟動，最後超出當事人掌控。還好媽媽恰巧回家，讓惠美回歸日常生活，否則她的心或許將遭受嚴重的傷害。

幻想也是危險的。偉大的奇幻文學作品《魔戒》（*The Lord of the Rings*）的作者托爾金（**J. R. R.** Tolkien, 1892-1973，英國作家與語言學家），也留下這樣的警告：「精靈國是危險的地方。陷阱等待著粗心者，地牢等待著魯莽者。」[3]

接著我想介紹小川未明的《黃金環》（『金の輪』）[4]。主角太郎臥病在床，直到三月底還有點微涼的日子，才終於能夠下床外出。結果他聽見如鈴聲般清脆的聲響。

> 太郎看向遠方，路上有一名少年滾著金屬環跑過來，他的金屬環閃爍著金色的光芒。太郎驚訝地瞪大眼睛，因為他從來沒有看過光芒如此美麗的金屬環。而且少年滾著的金屬環有兩個，彼此碰撞時就會發出清脆的聲響。太郎也從來沒有看過能夠把金屬環滾得這麼熟練的少年。

---

3 原註：托爾金著，豬熊葉子譯，《奇幻文學的世界——關於精靈的故事》（*On Fairy-Stories*），福音館書店，一九七三年。

4 編註：簡體中文版收錄於《日落的幻影》，清華大學出版社，二〇一五年。

不可思議的陌生少年的身影讓太郎深深著迷。隔天少年再度出現，太郎甚至忍不住覺得「他好像是我最好的朋友」。太郎打算明天主動與這位少年說話，和他交朋友。他告訴母親這件事，但母親卻不相信這件不可思議的事情。接下來讓我引用故事的結尾：

太郎夢見自己和少年成為朋友，少年分給自己一個黃金環，兩個人沿著街道一直跑下去。他夢見兩個人不知不覺間就跑進了傍晚火紅的天空裡。第二天太郎又發燒了。過了兩、三天之後，七歲的太郎就去世了。

佐藤曉如此描述這部作品：「我想這在小川未明的童話中應該是數一數二的傑作。」我也有同感。發出不像這個世上會有的優美音色，滾著金環從遠處跑來的少年形象，在我們心中誘發的正是宗教學者魯道夫・奥托（Rudolf

Otto）所謂的神聖（numinosum）體驗，相當於宗教體驗的核心[5]。根據奧托的說明，神聖體驗具備對神祕事物畏懼、折服的感覺，以及難以抗拒的魅力這幾個要素。而這個少年不可思議的形象，剛好滿足了這三項要素。

這個少年的形象讓我想起了另一位少年。這位少年出現在下面這首二十八歲女性的詩作當中[6]。

> 夢中的少年
> 少年在海邊等我，
> 在一個海浪拍打、充滿岩石的海邊。

---

5 原註：奧托著，山谷省吾譯，《神聖的事物》（*Das Heilige*），岩波書店，一九六八年。編按：魯道夫・奧托（1869-1937）是德國神學家，宗教現象學的啟蒙人物。

6 原註：布希孝子著，周鄉博編，《白色木馬》（『白い馬』），三麗鷗出版。河合隼雄曾在《如影隨形：影子現象學》（思索社，一九七六）中討論過這個少年的形象。

少年用沾濕的手緊緊握住我的手，
我們兩人赤著雙腳在礁石上奔跑。

啊，金色頭髮的小小的你是誰呢？
你是否在對我說，
和我一起去到那個血紅的水平線彼方吧！

這位作者被宣告罹患乳癌之後，詩句就如泉水一般從她心中湧出。她在一個月之內寫了超過八十首詩，不久之後就再也沒有醒來。

這位年紀輕輕就去世的女性的詩句中所描寫的少年，與「太郎」看見的少年之間，讓人感受到不可思議的類似。太郎雖然七歲就去世了，但這兩個人經歷的深刻神聖體驗，或許是普通人耗費漫長的一生也無法體驗到的。幻想就像這樣以連當事人也想像不到的樣態展現出來。這些樣態不是人們想出來的，而是從另個世界湧入人們心中。

關於說故事

幻想帶著本身的自主性逼近我們。如果人類在這時候被幻想壓垮了，會如何呢？這時候與其說是幻想，或許更應該稱之為妄想了。因為職業上的關係，我曾見過這樣的人。有人說自己是天照大神，也有人說基督將會再度降臨。我們雖然承認這些妄想對當事人來說是某種「現實」，具有深刻的意義，但我們無法認同他們主張這就是日常世界的現實。

反過來說，動腦想出來的作品缺乏幻想的自主性，所以應該稱為「虛構故事」，與我在這裡討論的奇幻故事不同。我有時候會接觸到以「正統奇幻故事」著稱的「虛構故事」，結果大失所望。很多漫畫作品都屬於這種類型。「虛構故事」理應有與之相應的評價，尤其部分作品也具有非常高的商業價值。只不過這並非我感興趣的領域。

幻想雖然存在於妄想與虛構之間，但就心理層面來說，所謂的幻想指的是意識在面對從無意識中湧出的內容時，不逃避也不被壓垮，而是在與之對峙的情況下所創造出的新事物。這個新事物的創造過程，有時也會發生在有意識中不斷思考的當兒，無意識的內容突然冒出來，帶來出乎意料的發展。

乾富子在她的奇幻故事《樹蔭之家的小矮人》（『木かげの家の小人たち』）[7]後記中寫道：「我能讓其他國家的小矮人活在日本嗎？我能捕捉日本原生的小矮人嗎？……這些想法不斷地在我腦中打轉，就在這時，天音邪鬼這個既奇妙又可愛的日本小矮人如風一般出現，讓我完成了這個故事。」在有意識的努力持續累積當中，無意識的內容「如風一般出現」，故事就在兩者的交互作用下誕生。我認為這段話顯示的正是這樣的過程。

單一層面的現實可以當成與自己分離的存在來記述，其中描述得最精密的就是自然科學。但是當我們把眼光移向現實的多層性時，就離不開觀察者的個性。觀察者只能透過「說故事」的方式，將自己所見的事物轉述給他人。身處在意識與無意識的對峙中並與之搏鬥的人，能夠創作出與本人的個性密切相關又同時具備普遍性的故事。如果因為這個故事脫離現實，就以為當事人能夠任意編造，那就太小看它了。佐藤曉的說明相當貼切：「作品中的假象世界雖然在現實中不可能存在，但依然具備某種權威的特殊法則……依循這個法則而發生的事件，被賦予特殊的必然性，因此能夠被當成無法抗拒的真實來接受。至於違反這個法則的事件，則會被視為虛假的事物，被作品的世界排除在外。」8

佐藤所說的「特殊法則」，在奇幻文學作品中以各種不同的形式呈現出來。佐佐木辰的《男孩與小狸貓》（『少年と子ダヌキ』）或許就是一個容易理解的例子。小狸貓雖然化身為女孩，卻受限於「一打噴嚏就會現出原形」的法則，而這樣的「法則」在故事的發展中扮演重要角色。在這部作品中，女孩好心地幫助男孩，於是男孩邀請她坐上自行車，但一陣冷風吹來，兩人一起打了個噴嚏。結尾是這樣的：

7　原註：乾富子，《樹蔭之家的小矮人》，福音館書店，一九七六年。

8　原註：佐藤曉，〈我的奇幻文學〉（「私のファンタジー」），《兒童文學一九七三－二》，聖母女學院短大兒童教育學科。

自行車破風而行。
前座是一名男孩。後座則是一隻頭上簪著萩花的可愛小狸貓。

這個結局有著說不出的幽默，但必須先有法則存在才能呈現這樣的結局。

在此我也想稍微提一下幽默感與奇幻文學的關聯。奇幻文學作家為了對抗無意識壓倒性的力量，必須具有強韌的意識。強韌的意識能夠帶來產生幽默感的空間，因為侷促的狀況下是無法產生幽默感的。奇幻文學與幽默感這點，讓我想起庄野英二的《日光魚止小屋》。作者與狐狸之間的信件往來及對話，在認真之中帶有某種無厘頭的感覺，散發出幽默的氣氛。佐藤曉如此評論：「這部作品雖然帶有西洋風格，但其底下又散發出日本人自江戶時代以來的幽默。」鈴木隆的《月見草與電話兵》（『月見草と電話兵』），則是一部無情與幽默並存的作品。這位作者能夠從戰爭經驗中創作出這樣的作品，想必是一位精神相當強韌的人吧！

奇幻文學的邏輯

宮澤賢治的《月夜下的電線桿》（『月夜のでんしんばしら』）9，是一部廣為人知的名著。某個夜晚，恭一走在鐵路沿線旁的平坦地方。結果當號誌一發出「喀噠」的聲響，電線桿就唱著軍歌展開大遊行。喜歡這部作品的人，著迷於電線桿發出「踢躂躂踢躂躂、踢躂躂」的聲音往前行進的身影。但想必也有人打從心底瞧不起這部作品，堅持「電線桿怎麼可能走路」，因為這件事情極端不合理。

大石真在《天狗所在的村子》（『テングのいる村』）這部作品中，成功地描寫了這種嚴謹主義者，在某些情況下被吸進幻想世界的樣子。這也是一部相當傑出的作品，但礙於篇幅無法介紹，總而言之，讓我們針對幻想是

9 編註：中文版收錄在《宮澤賢治短篇小說集I》，好讀，二〇一六年。

否真的如此不合理這點來思考吧！

大家熟悉的《愛麗絲夢遊仙境》（*Alice in Wonderland*）中有這樣一個橋段。鴿子看見脖子變長的愛麗絲，對她說「妳是蛇」，但愛麗絲卻堅持自己是女孩子而不是蛇，鴿子問愛麗絲：「妳會吃蛋嗎？」愛麗絲老實地回答「我吃過」，結果鴿子得到女孩子就是一種蛇的結論。因為「愛麗絲」的作者就是數學家，所以能夠熟練地使用奇妙的邏輯。

蛇會吃蛋。
愛麗絲會吃蛋。
所以愛麗絲是蛇。

這個結論當然是錯的，邏輯完全不合理。這是從前兩句的謂詞10「吃蛋」相等，而得到兩者相等的結論，因此這樣的邏輯稱為「謂詞邏輯」。雖然邏輯上是錯的，但如果能夠從這樣的邏輯結構中，解讀出鴿子對「吃蛋」的事物的恐懼感與警戒心，那麼也不是完全無法接受。換言之，對方會不會「吃蛋」，對鴿子來說是關乎自身存在的重點。

這麼一想，也讓我發現到我們經常使用類似「人類如隨風搖曳的蘆葦」這樣的表現方式。這其實是藉著「隨風搖曳的蘆葦是……」、「人類是……」，「所以人類就如隨風搖曳的蘆葦」這樣的謂詞邏輯，來強調「……」給人的印象。換句話說，謂詞邏輯雖然在邏輯上是錯誤的，但卻是一種加深對方的印象、為對方帶來感動的潛在表現手法11。

這裡再讓我們回到《月夜下的電線桿》。宮澤賢治在這部作品中，主張電線桿是會大遊行的事物。他賦予這部作品「電線桿是行進的軍隊」這個命題。讀者必須自己在心中建構針對這個命題的謂詞邏輯。

10 編註：句法中說明主語的成分稱為「謂詞」。
11 原註：謂詞邏輯的思考依據來自：市川浩，《身體的構造》，青土社，一九八四年。

軍隊排成一列。
電線桿排成一列。
所以電線桿是軍隊。

這麼想或許也可以，但只有這樣完全不夠，宮澤賢治想要表達的不是這個。既然如此，我們應該對《月夜下的電線桿》推敲出什麼樣的謂詞邏輯結構呢？話說回來，就連在這部作品中採用「電線桿是行進的軍隊」這個命題本身，我們是否都應該抱著疑問呢？

一旦開始這麼想就會沒完沒了。換言之，一個奇幻故事能夠刺激我們思考，甚至喚醒我們本身的幻想。我們甚至可以說，傑出的奇幻作品，總是帶著某種課題前來挑戰讀者。這樣的作品帶著一種故事縱使結束了，卻依然能夠持續打動讀者心靈的力量。

今江祥智的《青色小馬》（『小さな青い馬』）[12]中，出現了一匹青色的

馬，並且拋給讀者「這匹馬到底是什麼」的問題。阿昇不知道媽媽長什麼樣子，媽媽在阿昇很小的時候就去世了，他與擔任鐵路看守員的爸爸一起住在能夠俯瞰鐵路的山上。爸爸值夜班時，阿昇就自己一個人睡覺，但媽媽有時候會出現在他的夢裡，讓他非常開心。

某個夏天的夜晚，阿昇一邊在鐵路上走，心緒一邊隨著號誌的顏色起伏。他走在枕木上時，嘴裡邊說著「黑色的馬、白色的馬、紅色的馬、青色的馬」，當他說到「青色的馬」的時候，「剛才號誌的光芒，好像直接變成一匹馬似的」，出現了一匹青色小馬。令人驚訝的是，這匹馬會說人話，牠說：「阿昇，你絕對不能把我的事情告訴別人。你一說出去，一切就結束了。」

每到夜晚，青色的小馬就會來找阿昇。他們一起度過了愉快的時光，阿

12 編註：《小青馬》（簡體中文版），二十一世紀出版社，二〇〇九年。

昇看起來變得更有精神，晚上也睡得很熟，沒有做任何夢。阿昇將小馬取名為次郎，遇到次郎這件事就連對爸爸也保密。某天爸爸生病了，阿昇不得不騎著次郎去找醫生。但阿昇到鎮上拿藥的速度太快了，讓爸爸相當驚訝。阿昇對此忍不住脫口而出：「我是騎馬去的！」把一切對爸爸全盤托出。爸爸認為「次郎可能是神明派來的使者」，並且準備了上等的牧草要給次郎當謝禮，但自此之後，小馬就再也沒有出現了。

阿昇雖然覺得遺憾，但他依然忍住寂寞，「我有一個這麼好的爸爸，而且我是男孩子！」一晚，他聽到爸爸說自己明年就要上小學，夜裡便夢到了許久沒有出現在夢中的媽媽。「阿昇已經到了要上學的年紀呢。」媽媽笑著對他說，這時媽媽的眼神，看起來就和小馬次郎一模一樣。

想必任何人讀了這部作品，都會開始思考：「青色小馬到底是何方神聖呢？」而多數人心中，或許都會浮現馬＝媽媽的等式。如果使用前面提到的謂詞邏輯，就會變成這樣吧：

媽媽溫柔地保護阿昇。
小馬溫柔地保護阿昇。
所以媽媽就是小馬。

而且媽媽和次郎擁有「相同的眼神」。但既然如此，為什麼次郎是一匹公馬呢？為什麼媽媽不化身為更適合母親溫柔形象的動物出現呢？這麼一想就忍不住覺得，小馬等於媽媽的等式有點膚淺了。

靈魂的展現

既然是使用謂詞邏輯這種方法，那麼我們依此斷定小馬是媽媽或電線桿是軍隊，不就有問題嗎？像這種抗拒給予事物明確結論的思維，或許正是奇幻文學的重要特性。如果依循清楚、明確的邏輯思考，馬根本不可能說人話，電線桿也不可能走路。若真是如此，如果不在「馬是X」或「電線桿是Ｘ」這兩句話中Ｘ的部分填入具有相當分量的詞彙，就無法理解幻想的本質。這個Ｘ或許與某個更超乎常理的存在有關。

我想試著在這個Ｘ的部分填入「靈魂的展現」。話雖如此，如果不了解靈魂的本質，也討論不下去。關於靈魂，或許有各式各樣的說法[13]，但我最近是這麼想的——借用前面關於「明確」的說法——如果將人類的存在明確區分為身體與心理，就會剩下怎麼也無法歸類的部分，或者應該說，靈魂就是將身心整合成「人類」這個存在的事物。

無論透過身體面向還是心理面向，都能一定程度地說明人類的行為，但有些部分就是無法透過這兩個面向來清楚說明。舉例來說，像《青色小馬》的主角阿昇那樣的孩子，或許會被帶來我面前進行「心理諮商」。這個孩子明年必須上小學了，但身體孱弱、沒有朋友，也不太愛說話。父親不知道該如何是好，所以帶他來這裡。阿昇經過身體檢查之後，確實有許多不如人的地方。而且母親去世，父親每隔一週就必須值夜班，這時阿昇只能獨自待在山中的小屋裡。

這種狀況下，確實有人認為無論從「身體面」還是「心理面」來看都「無需處理」。的確，去世的母親不可能死而復生，也不可能要求父親停止值夜班，但我們依然能夠期待阿昇逐漸成長，這是為什麼呢？我認為，我們之所以能夠在這種時候依然懷著期待，是因為人類有靈魂。人們一般設想到的在身體與心理上的協助，或許對阿昇沒什麼幫助，但阿昇的靈魂卻值得期待。在這個故事中，青色小馬實際上也幫助了阿昇的成長。這匹小馬或許正是阿昇的靈魂派到他身邊的事物。

有些人聽到我這麼說可能會反駁：「別傻了，怎麼可能有會說人話的青色小馬。」但這種把事情辨別得很清楚的人，無法帶給阿昇這樣的孩子任何幫助。我最近諮商的個案，是個一般而言任何人都放棄、對他不抱希望的孩子，但是對靈魂存在的確信在這種時候支撐著我。令人開心的是，持續不

13　原註：請參考河合隼雄，《宗教與科學的接點》第一章〈關於靈魂〉，岩波書店，一九八六年；遼寧大學出版社，一九九一年。

斷的期待，讓事情產生了意想不到的發展。這個像阿昇一樣，令所有人都不抱希望的孩子，逐漸產生了動力，變得愈來愈活潑。我看在眼中，唯一能想到的只有靈魂的作用拯救了他。如果要用具體的形象表現這種不可思議的事情，只能採取幫助孩子的青色小馬這種形式了。

我們無法了解靈魂的本質。靈魂抗拒被明確判斷為某種事物，一旦我們斷定「這就是靈魂」，它或許就會消失。我們雖然無法掌握靈魂，但靈魂的作用經常在我們身邊發生，如果想要一定程度加以掌握並向他人轉述，奇幻故事是一種極為適切的手法。

或者應該說，人們的靈魂經常將幻想送進人們心裡。這對一郎來說是犬丸太郎的形象；對惠美來說又變成貓咪小唐；對恭一而言，則以電線桿大遊行的姿態展現出來。

當我們將幻想視為靈魂的展現時，就會開始覺得奇幻故事的作者給了我們相當豐富的訊息。我接下來想以這樣的想法為基礎，一次挑選一篇奇幻文學作品進行討論。

第一章

凱薩琳．史都

《瑪麗安的夢》

01 生病的意義

人偶爾會生病，有時康復得快，有時康復得慢。如果遇到需要長期養病的時候，就會覺得自己虧大了，因為生病將使自己落後於人。但如果仔細想想，就會發現這場病對自己的整體人生而言具有重大意義。生病乍看之下似乎是損失，但從長遠的眼光來看，或許帶來更多的是收穫。如果將這樣的想法擴大，我甚至認為幾乎所有的疾病都有意義，但可惜的是，病人自己有時候似乎不太容易看得見這點。而我這裡所說的疾病，包含了身體的疾病與心理的疾病。

讓我們思考生病意義的兒童文學作品，其實有很多（我腦中浮現許多主角生病或體弱多病的作品），凱薩琳・史都（Catherine Storr, 1913-2001，英國知名童書作家）的《瑪麗安的夢》（*Marianne Dreams*）[1]就是當中的傑出之作。

這部作品的主角是一位名叫瑪麗安的女孩，她格外期待自己的十歲生日。我在討論皮亞斯（Philippa Pearce）的著作《幻想的小狗》（*A Dog So Small*）時，就提過生日對孩子而言有多麼重要了[2]。對瑪麗安來說，自己即將進入十歲這個二位數的年齡，以及十歲就可以學騎馬，這兩件事讓她格外期待生日的到來。但騎馬的練習結束之後，她突然覺得不舒服，甚至連難得的生日大餐都沒有吃。伯頓醫生來家裡診斷的結果也不樂觀。結果她從生日之後，就必須長期臥病在床了。

瑪麗安的病拖得比想像中還要久。過了大約三個禮拜，瑪麗安在某個狀況不錯的日子，打算找點事情打發無聊的時間，於是她開始整理媽媽從曾

---

1 編註：本書有中文版，《瑪麗安的夢》，羅婷以譯，台灣東方，二〇〇六年。

2 編註：河合隼雄，〈皮亞斯《幻想的小狗》〉，《閱讀孩子的書》，中文版為林暉鈞譯，心靈工坊，二〇一七年。

祖母手上繼承的裁縫箱，在裡面發現了一支小小的鉛筆。這對瑪麗安來說，「是那種彷彿要人『快點拿我來寫字、快點拿我來畫畫』的鉛筆」。瑪麗安拿起那支鉛筆，「就像平常一定會畫的一樣，她先畫了一棟房子，有四扇窗戶和一個玄關」，接著她畫了煙囪、房子周圍的柵欄，並在戶外畫了一大片高高的草地，接著在草地中添加了幾顆隆起的大石頭。

瑪麗安期待自己差不多可以起床上學了，但伯頓醫生卻一臉嚴肅地宣告：「妳接下來的六個禮拜都必須躺在床上，甚至可能躺更久。」瑪麗安因為想去上學而拚命抗議，最後依然徒勞無功。醫生離開之後她放聲大哭，把枕頭都哭得溼答答的。這個結果讓她難過得不得了。

這場病對瑪麗安來說確實是一件不幸的事情。期待自己滿十歲就能騎馬的女孩，必須躺在床上生活好幾個月。但就如同接下來的故事發展所示，瑪麗安的成長需要這場病。生病能讓人把注意力擺在自己的內在。人為了成長，必須完成外在與內在的工作。有時候一邊取得雙方的平衡一邊進行，但有時候也會偏重其中一方。疾病的造訪，多半是為了充實內在的工作。

醫生宣布這場病會拖很久，讓瑪麗安陷入悲傷與消沉，當天晚上她做了一場夢。她站在空曠的大草原上，朝著一縷稀疏的輕煙前進，在那裡看見了一棟房子。那是一棟奇妙的房子，牆壁歪斜，給人扁平的感覺。突然一陣風吹過，掀起一陣騷動，原本寂然無聲的一切活靈活現了起來，讓瑪麗安開始感到害怕。

「我得進去那間房子。」瑪麗安心想。就在她納悶房子裡有沒有人的時候，得到了無聲的回答：「在房子裡放個人」。總而言之，她一說出：「我必須進去那間房子裡！」就被自己的聲音吵醒了。

夢境就是人們內心世界的經驗。夢裡有專屬於夢境的必然定律，只有在夢中才能發揮作用。瑪麗安不明所以地決定「一定要進入」夢中的那棟房子，甚至聽到「在房子裡放個人」的命令。夢中吹起的那陣風，到底是從何而來呢？這陣風為所有的一切帶來生氣，讓瑪麗安的夢中體驗變得鮮活。仔細一想，外界也會吹起這樣的風。驟然吹來的風，或許反映出我們的精神狀態突然產生變化，也讓映在自己眼中的世界變得截然不同。

02 夢中的房子

兩天後，瑪麗安發現自己夢到的就是自己用**那支**鉛筆畫出來的房子。她於是在樓上的窗戶裡畫了一個男孩的身影，以便有人可以邀請自己進入房子裡。男孩的表情畫得有點悲傷，但她沒有修改。瑪麗安開心地想，如果又做了「同樣的夢」，這次就能由那名男孩邀請自己進去房子裡了，但她也不確定是否真的能夠如自己所願，於是找母親商量，結果發現這樣的事情似乎不太可能發生。

母親問她：「妳有想要再做一次的夢嗎？」這時候瑪麗安雖然回答「嗯」，卻立刻轉移話題，避免母親更深入詢問夢境的事情。瑪麗安為什麼會這麼做呢？因為她想要繼續把這個夢當成祕密。人必須要有祕密才能成長。這麼做當然有危險，一個不小心可能因為懷著祕密而失去性命。儘管如此，人依然需要祕密。瑪麗安在與母親聊天時，當機立斷決定繼續把這個夢當成祕密。重要的事情必須靠自己的力量守護。

或許是因為瑪麗安採取了正確的態度吧，她成功地做了「接下來」的夢。她在夢裡走到那棟房子樓下，「有一張男孩子的臉，從其中一個窗戶俯視瑪麗安」。但是她和男孩的對話卻無法順利進行。瑪麗安叫男孩下來，但男孩卻說「這裡沒有樓梯」。如果沒有樓梯，他怎麼會在那裡呢？他是如何生活的呢？這些都是瑪麗安無法理解的事情，她疑惑地提出問題之後，少年這樣回答：

「妳不是也不知道自己為什麼會來這裡嗎？」

「這樣也和我沒有什麼差別啊！」

這段話相當有意義。如果看到一名男孩獨自待在沒有樓梯的房子二樓，確實會想要問他「你是怎麼來到這裡的？」，想聽聽他的說明和理由。但如果有人問我「你為什麼會在這裡」、「你是從哪裡來的」，我真的回答得出來嗎？我「存在」於這個世界，不就像是置身於沒有樓梯的二樓嗎？我登上什麼樣的樓梯來到這裡，接著又會使用什麼樣的樓梯，往哪裡爬上去（或者爬下來）呢？我們在夢境中經常不知不覺地提出根本性的問題。但如果對這種情形沒有自覺，就會因為太不明確而感到煩躁。瑪麗安也因為與男孩對話沒有交集的而發脾氣：「你就待在這間沒有樓梯的蠢房子裡吧！反正如果沒有人來，你也只會挨餓而已。這樣你滿意了吧！」就在她撂下狠話離開時，夢也結束了。

夢裡的那棟房子到底代表了什麼呢？我們無法看見自己的靈魂，但我認為，夢中的房子就像在為我們展現出靈魂的形態。有些人或許因為房子**仿照**的是瑪麗安的畫，所以認為房子展現的是她的意志，沒有必要提到靈魂什麼的。房子確實來自瑪麗安的畫。但譬如房子裡的男孩，卻不會遵照瑪麗安的意志行動。他的行動是自主的，有自己的原則。這就是靈魂顯露方式的有趣之處。靈魂的顯露方式在受到瑪麗安生病、一時興起畫圖等這些本人的意志與行為規定的同時，本身又有自主性。兩者在互相碰撞之間創造出愛。靈魂不會在對它沒興趣的人之前顯露身影。或者應該說，靈魂雖然經常展現出各種形象，但看不見的人就完全看不見。

母親請了一位名叫柴斯特菲爾的「家庭教師」來家裡教瑪麗安念書。瑪麗安一看到這位年輕、美麗、不同於想像的女老師，就非常喜歡她。柴斯特菲爾小姐也教導其他生病的孩子，她向瑪麗安提到一位名叫馬克的聰明男孩。馬克生的病會讓部分的身體麻痺，但他現在已經慢慢復原了。他喜愛閱讀，但對可以鍛鍊身體的復健卻不感興趣。瑪麗安聽了之後，說馬克跟自己完全相反：「馬克明明必須運動卻不想動，我必須躺著卻很想起床。真可惜我們不能加起來除以二。」

03 身體・心理・靈魂

瑪麗安為了打發無聊的時間，又在那張畫上稍微加了幾筆。她在房子背後畫了丘陵，以及一條通往山頂的小路。接著將畫紙翻到背面，畫了房子的內部。她在那裡加上樓梯，並且在通往二樓的平台畫上時鐘。畫完之後瑪麗安立刻睡著，又做了夢。那棟房子裡出現了時鐘與樓梯。她順著樓梯爬上二樓，見到了那位男孩。她透過與男孩的對話，得知他因為生病而無法走路，也感受到他想要離開房間的欲望。瑪麗安突然靈光一現，脫口而出：「你是馬克吧？」男孩承認了。就在瑪麗安打算說出自己的名字時，就醒了過來。

瑪麗安在夢中見到馬克，但他們實際上明明一次也沒有見過面！人的內心世界與外界有時會展現出極不可思議的一致性。這實在是很難以說明，總而言之，這當中存在著極為不可思議的狀況是事實。這時候即便試著解釋說這是「靈魂的作用」，但靈魂本身也是不可捉摸的事物，因此一樣是無法解釋。但如果將靈魂這種難以捉摸的存在，想成是隱藏在我們人生際遇背後的事物，不僅思考起來變得容易得多，看待人生的方式也會有趣起來。無論是瑪麗安夢中的男孩馬克，還是實際上受疾病所苦的馬克，都在偉大的靈魂作用之中採取了不可思議的對策。

瑪麗安喜歡家庭教師柴斯特菲爾小姐，並在柴斯特菲爾小姐生日時，拜託父親用自己的零用錢買來九朵玫瑰花，等待她前來。但柴斯特菲爾小姐卻遲到了。瑪麗安有點不滿。柴斯特菲爾小姐向瑪麗安解釋，自己遲到是因為先繞去馬克那裡，並且當瑪麗安的不滿來到最高點時，她向瑪麗安展示了馬克送給自己的生日禮物——特大的玫瑰花束。這個行為就像壓垮駱駝的最後一根稻草，讓瑪麗安的火氣達到頂點。她把原本要送給柴斯特菲爾小姐的玫瑰花摔在地上[3]。但這樣還不足以消氣，她拿起那本塗鴉本，一邊自言自語

3 譯註：台灣版的書中是她把柴斯特菲爾小姐分給她的幾朵花摔在地上，但沒有摔自己原本要送給柴斯特菲爾小姐的花。這裡的翻譯按照河合隼雄的原文。

地說：「我恨馬克，他就這樣死了最好。」一邊將馬克所在的窗子畫上鐵窗般的線條，並且把房子周圍的柵欄畫得比監獄的圍牆還要高，至於那些大石頭，她則為每顆石頭都畫上一個眼睛，彷彿在監視馬克一樣。

瑪麗安的衝動行為立刻反映在下一次的夢裡。馬克所在的房間被裝上鐵窗，房間裡變得一片昏暗。瑪麗安從與馬克的對話中發現了一件重要的事情。那就是她用那支鉛筆畫在塗鴉本上的東西，會直接出現在夢境裡。的確，房子也好，樓梯也好，這次的鐵窗也好，所有她畫的東西都在夢裡出現了。但馬克卻不相信。如果一切都如瑪麗安所說，那馬克自己呢？他也是瑪麗安**創造出來**的嗎？瑪麗安對此表示，她同意馬克在夢境之前或是在夢境之外就已經存在，是真正的人。馬克雖然有點開心，但他仍然攻擊瑪麗安，認為她這種「房間中的所有一切都會根據自己的畫改變」的想法只是自以為是。瑪麗安一聽氣極了，宣稱自己再也不做夢了。只要不做夢，房子與所有的一切都會消失，馬克也會死掉。她做了這個恐怖的宣言之後就醒了。

瑪麗安醒來之後依然憤怒。她想要用橡皮擦把畫中的馬克擦掉，但那支鉛筆畫出來的東西，卻怎麼擦也擦不掉。她於是用黑色的蠟筆將窗戶整個塗黑，蓋掉馬克的身影，並且畫了其他女孩子取代馬克。這麼做讓瑪麗安的心情稍微變好了。後來她完全沒有做夢，甚至覺得這是個忘記馬克的好機會。

然而發生了意想不到的事情。柴斯特菲爾小姐告訴瑪麗安，馬克得了肺炎，而且因為肌肉無法順利活動而陷入險境，現在正在住院，使用鐵肺。這個消息讓瑪麗安心煩意亂。

馬克「會因為瑪麗安將那張畫塗黑就死去嗎？這麼荒謬的事情應該不可能發生——但時機真不巧——所有的一切都太剛好了」。瑪麗安無法確定自己對馬克的病是否有責任。但她想著想著，就想到自己或許可以在塗鴉本中，畫一些能夠幫助馬克康復的東西，但她又不想再夢見馬克。她煩惱了許久，最後還是決定畫些什麼來幫助馬克改善病情。然而不可思議的是，塗鴉本因為母親整理房間的關係，怎麼找都找不到了。

瑪麗安與馬克都生病了。馬克的病似乎是小兒麻痺，瑪麗安則沒有明確的病名。瑪麗安的心理狀態或許是她生病的原因。但反過來說，也有可能是因為生病而讓瑪麗安做了可怕的夢。如果再思考外界與夢中世界的關係，事情就會變得更複雜。瑪莉安在素描本上畫的東西，有可能加重了馬克的病情。但身體與心理、外在與內在、生與死等人類無法明確區別的世界，出乎意料地彼此交融，如果以為只是單純的因—果，必定會產生誤解。靈魂是無法以因果理解的領域，人在靈魂之中所建立的區別全部都會變得模糊。人有時必須深入接觸靈魂，瑪麗安就以十歲的生日為契機，展開了這樣的經歷。透過心理與靈魂接觸，展現出的是苦惱；透過身體與靈魂接觸，展現出的則是疾病，而很多狀況都能創造出這樣的契機。或者也可以說，人如果不是想要克服疾病或煩惱，或者掙扎著想要從中逃離，就不會這麼辛苦地接觸靈魂了。

如果與靈魂發生接觸，就會引發無法透過常識或自然科學來理解的事情（請注意，我在這裡雖然說無法透過自然科學理解，但卻沒有說違反自然科學）。當瑪麗安的狀況變差時，醫生、家庭教師與母親雖然都有所察覺，卻都不知道原因，所以數度詢問瑪麗安「發生了什麼事」。但瑪麗安每次都回答「什麼事也沒有」。事實上，靈魂領域的問題對本人來說也只是痛苦或不快，因此多半只會被當成疾病，說不出個所以然。但瑪麗安的靈魂世界因為做夢的關係，發生了劇變。她知道自己也有一部分的責任，並且很聰明地發現這件事情必須對大人保密。靈魂的事情只能告訴「靈魂的導師」。醫師、教師、母親雖然分別關心瑪麗安的身體、知識、心理，是照顧她的人，但卻不是靈魂的導師。

04 關於愛

那麼，醫生、教師與母親不愛瑪麗安嗎？當然不是。他們分別根據自己與瑪麗安的關係，以最適當的方法愛護她。但儘管有愛，卻不一定能夠看見靈魂的樣貌。有時候覺得自己「愛著對方」的人，甚至會傷害、扼殺對方的靈魂。

說到傷害，瑪麗安不也**傷害了**馬克嗎？她甚至覺得馬克死了最好。但瑪麗安不愛馬克嗎？

瑪麗安將塗鴉本中的馬克蓋掉，畫了一個取代馬克的女孩子之後，又做了夢。但出乎意料的是，房子裡沒有女孩，馬克依然存在，而窗戶也沒有變得那麼糟。與馬克聊著聊著，瑪麗安又開始搞不清楚狀況了。她逐漸分不清楚與馬克見面到底是夢境還是現實。

無論是這間房子、這個男孩還是這裡流逝的時間，所有的一切都和她原本理解的世界一樣，讓她覺得這是真實的。儘管如此，瑪麗安當然知道她同時也在另一個地方，和另外一些人一起過著另一種普通的生活。瑪麗安屬於兩個世界，擁有兩種生活。

實際上，所有的人都屬於「兩個世界」，但有太多人無論如何只能看見其中一個。人有時也會以稍微容易理解的方式經歷「兩個世界」。譬如伯內特夫人（F. H. Burnett, 1849-1924，英國作家）在一九〇九年發表的《祕密花園》（*The Secret Garden*）4。主角是一位名叫瑪麗的女孩，她發現了一

4 編註：本書有中文版，《祕密花園》上下，聞翊君譯，野人，二〇一六年。河合隼雄在《小孩的宇宙》（詹慕如譯，親子天下，二〇〇六年）中稍微討論過這本書。

座誰也不知道的「祕密花園」，並且熱中於照顧這個園地。這裡對她來說就是「第二個世界」，而珍惜這個世界對她的成長而言是必需的。耐人尋味的是主角瑪麗同樣是十歲，而這部作品中還出現一位體弱多病、無法站立的男孩柯林，他隨著故事的發展逐漸康復，這點也和瑪麗安與馬克的關係完全相同。我覺得作者凱薩琳・史都在撰寫《瑪麗安的夢》時，並沒有意識到自己的故事類似《祕密花園》，但基本模式存在這樣的類似性，在探討人類的心理時極為重要。有興趣的人可以仔細比較這兩部作品，應該會發現許多類似點而感到驚訝吧！

瑪麗安在發現「兩個世界」的重要性時，也理解到馬克的存在的重要性。「我快死了嗎？」面對馬克這個恐懼的提問，她拚命強調：「馬克，我知道你會變好，所以你一定要相信我。你正在康復，會好起來的，我知道。」

隔天瑪麗安突然在書架上找到那本塗鴉本。我們有時候會覺得，某些類型的「東西」或許真的能夠照著它自己本身的意思隱藏或現身。明明不管怎麼找都找不到的東西，卻會在剛剛好的時候突然出現。儘管「東西」沒有心，卻擁有靈魂，這麼一想似乎就可以接受了。

瑪麗安取來畫冊，用橡皮擦把蓋在馬克臉上的線條擦掉。這讓她發現了一件事：她在畫這些線條和女孩子的時候，用的不是那支鉛筆，所以可以擦掉，但用那支鉛筆畫出來的東西卻擦不掉，她也領悟到用其他的筆描繪出來的事物不會出現在夢裡。這讓人聯想到，我們經歷的某些事情確實會深深刻劃在靈魂上，一輩子也無法抹滅，但也有一些事情卻能輕易消去。無法抹滅的事物雖然不能更動，卻可以透過添加一些什麼來改變整體的狀況。更棒的是，靈魂本身能夠透過自主性產生變化。瑪麗安可以根據自己的意志，添加各式各樣的東西。但馬克卻依照馬克的意志行動。瑪麗安雖然能夠與馬克合作，卻不能用自己的意志控制他。

儘管瑪麗安深深傷害了馬克，也傷害了自己，甚至心想對方死了最好，但她依然祈求馬克能夠活下來，並下定決心繼續與馬克接觸。靈魂的接觸，有時甚至會讓人覺得，如果不彼此傷害就不可能發生；而支持我們這麼做的，通常都是「儘管會彼此傷害依然要採取行動的決心」。不是因為對方變成自己心目中的樣子，或者覺得對方似乎體現了自己的理想，而是**儘管**互相傷害，甚至希望對方去死，依然下定決心持續彼此的關係，能夠做到這點或許就可稱為愛了吧？

我們或許能夠將疾病當成守護一名女孩經歷這種內在體驗的事物。因為疾病能讓她在進行內心世界的工作時，免除外界的工作。這時候對我們這些大人來說，最重要的或許是**從外部**守護她，不要做任何多餘的事情。多管閒事的大人，或許會問東問西地從瑪麗安口中問出塗鴉本的事情，並且把塗鴉本沒收，責備瑪麗安「妳就是因為幻想這些愚蠢的事情，病情才會這麼嚴重」。這麼做或許能讓瑪麗安身體的疾病康復，但靈魂卻可能遭受極度難以回復的破壞。有些大人在這種時候，會認為自己「因為愛妳」才強制沒收塗鴉本。「愛」是一件很複雜的事情。

05

結束，然後出發

後來瑪麗安用那支鉛筆，將馬克需要的毛毯、自行車、糧食等等帶去那邊的世界。但是她畫的獨眼石頭，數量卻變得愈來愈多，並且開始緩緩移動（這裡也可當成是靈魂的自主性），似乎將要侵入屋子。兩人在未知的恐懼中策劃逃亡，馬克利用自行車鍛鍊自己的腳力。而這點也反映在外部的狀況中，馬克的病好了一大半，可以進行步行訓練了，而瑪麗安也可以慢慢地訓練自己離開床鋪。長時間臥床的人離開床鋪會容易疲倦，甚至想要乾脆就這樣躺一輩子，但瑪麗安與馬克都忍受著不適，練習用自己的雙腳站立。

為了貫徹與靈魂的接觸，訓練是絕對必要的事情。所謂的訓練，有時是身體的訓練，有時是心理的訓練。我提過，人經常透過受傷發現靈魂的存在。**容易受傷**的人，確實比其他人更常接觸到靈魂，但也多半缺乏持續訓練的韌性。至於喜歡訓練的人則不會受傷，或者即便受傷也不在意，所以通常不會發現靈魂的存在，也很難貫徹與靈魂的接觸。

瑪麗安發現自己在丘陵上畫的燈塔會發出旋轉的光束，當光束照到的時候，石頭就會驚恐地閉上眼睛。馬克與瑪麗安利用這段空檔，齊心協力騎著自行車逃到燈塔。這段驚心動魄的歷程在此略過不提，請各位閱讀原著。我唯一想提的一點，是這裡描述的恐懼。接觸靈魂會伴隨著難以言喻的恐懼感。這對人而言或許可說是根源性的恐懼。

孩子也會體驗到這樣的恐懼。十歲左右正是可以更加深入接觸靈魂的年齡。但這樣的體驗對孩子來說極難化為言語，因為這對他們而言也是莫名其妙的事情。於是這樣的恐懼會以某些形式展現出來，譬如原本不覺得晚上自己一個人上廁所有什麼問題，卻突然開始害怕，或是拒絕上學、出現抽搐等神經症狀。最近經常有人指出罹患身心症的小學生有所增加。最壞的情況甚至可能自殺。我們必須說，凱薩琳．史都透過這部作品，將這種本人也難以理解的恐懼感以看得見的形式表現出來，實在功不可沒。她在這裡也詳細地描述了該如何克服這樣的恐懼。

瑪麗安與馬克成功逃離，來到燈塔。兩人想要前往海邊，因此覺得需要直升機。瑪麗安的直升機畫得不好，於是馬克說自己會畫，但是他需要那支鉛筆。瑪麗安猶豫了。因為她有預感，如果將那支鉛筆交給馬克，在某種意義上就意味著「結束」的到來。脫離疾病是開心的事情，但也是悲傷的事情。

瑪麗安下定決心，用那支鉛筆在塗鴉本上畫了一支鉛筆。於是，「瑪麗安在夢中的世界醒來時，發現自己手上握著鉛筆」。這段話中的「在夢中的世界醒來時」實在是相當傑出的表現。對瑪麗安而言，「兩個世界」擁有同樣的重量，出乎意料地接近。瑪麗安毅然決然地將鉛筆交給馬克，於是馬克用鉛筆畫了直升機。

這時候，瑪麗安在**這邊的世界**已經康復得差不多了，開始準備去海邊。柴斯特菲爾小姐告訴瑪麗安，馬克也恢復健康，將要往海邊出發，而她的家教課程也到此為止了。所有的一切都愈來愈接近結束。

瑪麗安在去海邊的前一天做了夢。馬克已經不在燈塔了。瑪麗安以為馬克帶著鉛筆，搭乘自己畫的直升機出發，並將她丟下。但是馬克留下了一封信。他雖然搭乘直升機去海邊，信上卻寫著：「不用擔心——因為我很快就會回來接妳。」但瑪麗安到處都找不到鉛筆了。「馬克沒有拋棄瑪麗安，他一直等著瑪麗安前來。他根本不打算丟下瑪麗安離開。馬克一定會來接她的。燈塔不再讓人覺得寂寞、疏離、可怕。因為那裡已經不再是避難的地方，而是**出發的地方**。」（強調的部分由我加上）。

這個故事到此結束，對瑪麗安來說，這確實既代表一件事情的終結，也代表新的起點。她在海邊遇到馬克，或許又會展開新的故事吧！無論是什麼樣的結束，靈魂都會將其轉換成新的出發。

第二章

如玫・高登

《人偶之家》

01 人偶家族

人偶是一種不可思議的東西，雖然外表看起來和人類相似，卻不能根據自己的意志行動。過去易卜生發表《人偶之家》[1]並掀起熱議時，「人偶」被當成儘管外貌與人類相同，自己本身卻不具備自由意志的代名詞。

這次討論的作品與易卜生的作品同名。我不知道作者高登（Rumer Godden, 1907-1998，英國作家）在取這個書名的時候，是否多少意識到這點，但易卜生的作品說的是像人偶一樣的人，而這部作品說的則是像人一樣的人偶。高登是一個會在兒童文學作品中大膽地寫下恐怖故事的人。《閱讀孩子的書》中討論過的《老鼠太太》（*The Mousewife*）就是恐怖的故事，而這次的作品也相當恐怖。

如玟・高登創作，由瀨田貞二翻譯的《人偶之家》（*The Doll's House*，岩波少年文庫，以下引用自該書），在敍述人偶家庭的同時，也描繪出直指人們內心深處的真相。

「這是一個關於住在人偶之家的人偶們的故事。主角是一個名為托琪・布蘭克涅的小小荷蘭人偶。」故事的開頭是這麼寫的。所謂的荷蘭人偶，指的是從前成堆販賣，「一個一文錢」的便宜小人偶。但是這位托琪歷時悠久，從她的主人艾蜜莉與夏洛特兩姊妹的曾祖母時代，就已經存在於這個世界上了。

托琪雖然很小，卻對自己相當自豪。因為她是用上等木材製成的。「托琪有的時候，會愉快地想著製成自己的那棵樹。她會想著曾經遍佈整棵樹的力量與樹液。想著那些在春天讓樹枝發芽、在夏天讓樹枝長出嫩葉、在枝葉

1 編註：易卜生（Henrik Johan Ibsen, 1828-1906），挪威劇作家，現代現實主義戲劇的創始人。其代表作《人偶之家》尖銳批評十九世紀的婚姻模式。

枯萎的秋天與寒風凜冽的冬天讓樹幹屹立不搖的力量與樹液。」換句話說，她對「出身」相當自豪。

艾蜜莉與夏洛特將另外兩個人偶當成托琪的父母，並且稱呼他們為布蘭克涅先生與布蘭克涅太太。太太還有暱稱，叫做「小鳥」。托琪的「家人」除了父母之外，還有一個名叫蘋果的小人偶，是她的弟弟，以及他們養的小狗鐵籌。但托琪對於自己的父母是這麼想的：「如果他們的原料也是製成自己身體的那棵樹，就另當別論，但我很清楚知道自己沒有真正的爸爸媽媽。」

仔細一想，這是個不可思議的家庭，但「大致來說，大家都非常幸福。這是因為大致來說，艾蜜莉與夏洛特是健全的孩子。」

讀到這裡，不禁讓人想起人類的家庭。人類不知道自己「是什麼製成的」，即使是住在一起的**一家人**，真實情況或許也有可能像布蘭克涅家那樣，父親是陶瓷製、母親是樹脂製、女兒是木製、兒子則是絨毛製的吧？話說回來，如果家人想要過著幸福的生活，就必須付出相應的努力，家庭不就是這麼一回事嗎？為了達到這個目的，首先必須知道製成自己的材料。托琪會想到「原本那棵樹」，是一件很了不起的事情。接著也必須了解原料與自己完全不同的家人的本質，從那裡建立起把彼此緊緊相繫的連結。但如果只是木材與木材、樹脂與樹脂那樣的連結，是不行的。那麼，應該是什麼樣的連結呢？隨著故事的發展，將會愈來愈清楚。

布蘭克涅一家也有煩惱。那就是他們沒有「家」，只能擠在兩個鞋盒裡。艾蜜莉與夏洛特也想擁有人偶的家，但這對她們來說太貴了。不過托琪想起自己在百年以前，與艾蜜莉及夏洛特的姨婆蘿拉一起生活時，曾住過一間「人偶之家」。這個家有玄關、有客廳，客廳裡有暖爐並鋪著地毯。還有廚房、寢室……布蘭克涅一家人聽著托琪的描述，逐漸興奮起來。如果能有這樣的家該有多棒啊！他們七嘴八舌地討論，卻不知道該怎麼樣才能得到。這完全是個難題。

02 許願

人偶們想要一個家，卻不知道該怎麼做才能實現願望。「身為人偶有很多需要擔心的事情，危險也不少。人偶無法自己做選擇，只能等著別人挑選。人偶無法自己『做』些什麼事，只能等別人幫自己做。」人偶無法自己挑選、購買自己的家。

但是人偶可以做到一件很厲害的事情，那就是「許願」。舉例來說，當艾蜜莉用紅色的毛線幫托琪編織斗篷時，托琪心想與其編織斗篷給自己，還不如幫爸爸織個圍巾或小背心。這時「托琪只能許下這樣的願望。人偶什麼話也無法說，但人偶許下的願望，有時候就像說出口的話一樣強大。」但艾蜜莉似乎完全沒有感應到托琪這時許下的願望，她沒有幫布蘭克涅先生做任何東西。願望有時候很強大，但如果沒有傳達給對方，就沒有任何力量。

剛好就在這個時候，艾蜜莉與夏洛特的姨婆去世了，處理後事的人覺得她們或許會想要托琪住過的人偶之家，因此寫了一封信徵詢她們的意願。「我們可以接收這個人偶之家嗎？」她們徵求母親的同意。聽到她們請求的人偶們，也許下了同樣的願望。

他們的願望實現了，人偶之家送到了兩姊妹手上。但是這個家累積了幾十年的灰塵與汙垢，全是黴菌與鏽斑，髒兮兮，家具也又破又舊。人偶們對此相當失望。忍不住說了洩氣話：

托琪嚴厲地說：「不要說洩氣話，快許願！」她的聲音太過嚴厲，讓她的話聽起來更加嚴峻、凜然，就連布蘭克涅先生都趕緊打起精神，大家開始許願。托琪說：「我們一起許願吧，希望艾蜜莉與夏洛特能夠好好地整理我們的家，讓這個家再次變得可以居住。大家一起拚命、拚命、拚命地許願吧！」

願望傳達給孩子們了。她們將人偶擺在暖爐台上，著手將人偶之家拆開打掃。為了將灰塵打掃乾淨，水桶的水甚至換了三次。孩子們努力工作，站在暖爐台上的人偶們則時而開心、時而焦急、時而不斷地許願。

「夏洛特妳做得太棒了」艾蜜莉說。

「真的，做得太棒了。」托琪說。

「做得太棒了。」布蘭克涅一家齊聲稱讚。

「哎呀，變得好像新的呢！」艾蜜莉從人偶之家後退幾步說。

這麼一來，打掃的**工作**看起來就像兩姊妹與人偶一家齊心協力完成的一樣。人偶繼續許願，他們想要蕾絲窗簾，也想要床鋪，還需要枕頭。小鳥雖然不想要棉製品，但是她的頭腦不太靈光，無法好好說出自己要的東西。於是托琪開始許願。這時候，夏洛特突然說：「我覺得**小鳥**比較適合羽絨被。」小鳥聽了欣喜若狂。

人類真的如自己相信的那般，擁有**自由意志**嗎？讀到這裡讓人產生了這個疑惑。艾蜜莉與夏洛特拚命整理人偶之家，然而這到底是出於她們的意志，還是人偶們的願望發揮作用呢？

當我們人類因為想要一間房子而為此省錢、貸款、埋首於工作時，我們遵循的是想要房子的自我意志，還是受到房子「請買下我」的**願望所驅使**，又或者是因為某個我們甚至沒有發現其存在的**人偶**所許下的願望呢？要分辨這點相當困難。這也讓人不禁思考，如果我們把人偶當成一種**物品**，那麼世界上所有的**物品**是否都像人偶一樣擁有願望？我們人類是否處在由物品的願望織成的天羅地網中，受困於其中，在其驅使下生活呢？

03 人偶的世界

「人偶之家」在兩姊妹的努力下，變得相當漂亮。但人偶們希望房子能夠變得更棒，孩子們也受人偶許下的願望影響，想要添購蕾絲窗簾、上等沙發與椅子。但這些家具非常貴，姊妹倆存下的錢加起來只有一八〇元[2]，根本買不起。

喜歡小孩的茵絲弗麗阿姨來找兩姊妹玩，她想到了一個好主意。阿姨正在策劃一個為盲童募款的人偶博覽會，如果她們願意出借托琪，阿姨就付給她們一基那的金幣（大約相當於台幣三百元）。如果有這麼多的錢，她們就能為人偶之家購買很棒的家具。於是孩子們很開心地同意了。

但托琪卻很難過，甚至覺得氣憤。活了一百年，卻只值一基那的金幣嗎？托琪無法明確知道自己只是暫時離家，還是會被賣掉。「托琪一句話也沒有說，接著彷彿就像從木頭變成石頭一樣呆站在那裡。艾蜜莉拿起托琪，用白紙包起來以便交給茵絲弗麗阿姨，但她在包的時候，覺得手上的托琪又冷又重。大家懂了嗎？托琪悲慘的感覺深深地傳入艾蜜莉的胸口，雖然沒有人知道為什麼。」

托琪被帶走的那天晚上，蘋果、小鳥還有布蘭克涅先生都輾轉難眠。艾蜜莉與夏洛特也莫名地煩躁。夏洛特終於小心翼翼地問姊姊「免費展出托琪是不是比較好」，艾蜜莉也同意了。她們想到托琪看起來說不出的悲傷，就後悔自己做了壞事。

隔天兩人立刻去找阿姨還錢，孩子們的行為讓阿姨非常開心。但還了錢之後就沒有辦法幫人偶之家買家具了，雖然很遺憾，但阿姨答應幫她們問問工匠，能不能將原本以為無法使用的老舊家具打磨、翻新，整理成出色的家具。

2 譯註：文中金額皆換算成台幣。

托琪完全不知道這件事，她依然帶著悲傷的心情出席博覽會。會場中聚集了各式各樣的人偶，讓托琪相當驚訝。而且每個人偶都毫無例外地比托琪大，讓她慚愧難當，想要快點回家。但她以為「自己再也回不去那個家了」，所以難受地不得了。然而擁有百年歷史的托琪，被當成「珍品」特別陳列起來。托琪的右邊是穿著綢緞禮服的蠟偶，左邊則擺著法國製散步人偶。但托琪最驚訝的是，過去曾在艾蜜莉姊妹的姨婆家與她一起生活的瑪奇潘，就擺在她的對面。瑪奇潘是身穿純白新娘禮服的高傲人偶，由羔羊皮與陶瓷製成。她與那棟「人偶之家」一起被收在姨婆家，當人偶之家送到兩姊妹手上時，她則被送去清洗，之後就裝飾在櫃檯，並且在注意到她的人推薦下，來到這個博覽會。

瑪奇潘是非常高傲的女性。她心想：「如果要買下我，肯定需要數不清的大鈔。」「瑪奇潘的驕傲愈來愈膨脹，膨脹到幾乎讓人懷疑她小小的腦袋裝不裝得下了。」這樣的瑪奇潘當然不可能與托琪好好相處。她們明明彼此看對方不順眼，但不知道是什麼樣的命運捉弄，讓她們在此相遇。人偶的世界也很不容易啊！

女王陛下也出席了這場博覽會。她在會場走來走去，看看這個人偶、那個人偶，最後「不出瑪奇潘所料，女王在她面前停下腳步」。女王雖然讚嘆瑪奇潘的美麗，卻也問道：「這是會場內最小的人偶吧？」為女王導覽的茵絲弗麗回答「還有更小的呢」，並將她引導至托琪陳列的地方。女王感動地說：「哎呀！我小時候常玩的木製人偶就長這樣。」接著提出托琪最害怕的問題：「這個人偶能賣嗎？」

「托琪繃緊全身節瘤的關節、木紋的肌理，等待茵絲弗麗的回覆。人偶們傳來了竊竊私語聲。」

可憐的托琪，她以為自己是商品。她在心裡悄悄地對自己的人偶家人以及艾蜜莉、夏洛特道別。但是充分理解孩子心理的茵絲弗麗卻明確地回答女王：「這是兩個小女孩特別心愛的人偶，所以是非賣品。」女王離開之後，「托琪木製的身體失去力量，甚至讓人懷疑她是不是彎下身來。其中一位職員高聲喊著跑來，『唉呦我的天！』這個人說，『小小的一文人偶倒了，滾到桌子下面。』」

人偶們以為托琪聽到女王陛下說要買下她，所以開心到失態，但托琪卻想告訴大家：「我是因為沒有被賣給女王才這麼高興的」。這件事情清楚顯示，艾蜜莉與夏洛特無論如何都不願意放棄托琪。這讓托琪覺得「全身充滿幸福感，彷彿就像從前，一到春天，自己所屬的那棵樹就充滿了流遍全身的樹液。」但是瑪奇潘卻十分忌妒托琪的幸福。

艾蜜莉與夏洛特都來到博覽會，她們把刊登著托琪的剪報拿給她看。這時候瑪奇潘非常不甘心，幾乎可以聽到她緊咬陶瓷製牙齒發出的「嘰嘰」聲。兩姊妹看到瑪奇潘相當讚嘆，尤其艾蜜莉更是被她吸引。

展覽會快要結束時，人偶們討論著自己的境遇。能夠回家的喜悅讓托琪放鬆心情，她於是把人偶之家的事情告訴大家，讓眾人偶欣羨不已。但聽到這件事的瑪奇潘卻怒火中燒，她主張那棟房子是自己的。「妳等著瞧，給我等著瞧！」瑪奇潘怒吼，「我會把那棟房子搶回來的。」人偶的世界就像人類的世界一樣，也會發生各種不容易的事情。

04 物品與心

托琪回到人偶之家時，已經是冬天了。艾蜜莉與夏洛特帶著托琪去茵絲弗麗阿姨家，取回人偶之家的沙發與椅子。這些老舊家具在阿姨的幫忙之下煥然一新，艾蜜莉甚至說：「就算是女王陛下的人偶之家，也不會有比這更好的家具了。」但讓布蘭克涅一家開心的事情還不只這些。

托琪心想，如果在聖誕節的時候，小鳥可以收到陽傘，蘋果可以收到彈珠，小狗鐵籌可以收到飼料盆，還有布蘭克涅先生可以收到玩具郵局當禮物，該有多好。這樣布蘭克涅先生就可每天以**郵局局長**的身分去上班。托琪許下讓這一切成真的「願望」。

不可思議的是，到了聖誕節，托琪的願望一一實現了。當小鳥、蘋果、鐵籌、布蘭克涅先生分別收到禮物時，托琪就一一感嘆「不可思議的事情終於發生了」、「好事終於發生了」。但是這樣的好運真的能夠一直持續下去嗎？

當托琪覺得自己的願望全部實現時，艾蜜莉與夏洛特也收到了從姨婆家寄來的包裹，裡面裝著瑪奇潘。艾蜜莉在博覽會場看到瑪奇潘時就很喜歡，所以非常開心。雖然妹妹夏洛特怯生生地說自己對瑪奇潘沒什麼好感，艾蜜莉卻反駁她：「這個人偶美得無可挑剔，在我們的所有人偶當中是最棒的。」

艾蜜莉把瑪奇潘放進人偶之家裡，結果不得了了，瑪奇潘堅決主張這是自己的房子，完全不肯退讓，甚至還與布蘭克涅先生發生口角。在爭吵中，瑪奇潘宣稱自己對孩子們一點興趣也沒有，布蘭克涅先生則回她：「但孩子們是活生生的！也只有那些孩子能讓我們活過來。」對此瑪奇潘不屑理會，只回了一聲：「哼！」布蘭克涅先生說，不喜歡讓孩子玩的根本就不是人偶，並且在盛怒之下說了一句決定性的話：「妳只是個**物品**。」

這是一句發人深省的話。人偶如果不是物品，那到底是什麼呢？如果問布蘭克涅先生這個問題，他大概會回答「人偶就是人偶」吧！我甚至覺得，人偶這種存在，掌握了物品與心這個難題的關鍵之一。思考這個問題的時候，或許可以試著這麼想：人偶雖然是人偶，但有些著重於「**心**」，有些則著重於「**物**」。

托琪透過心的交流，與孩子們產生連結。瑪奇潘則透過她精緻、美麗的服裝與造形，吸引孩子的心。但這兩者對人類而言都同樣有魅力。瑪奇潘在變得了不起、被人類珍重對待的同時，也開始厭惡與人類一同玩耍，寧可被裝飾在博物館，這點相當具有啟發性。因為當人類變得**了不起**、開始受人尊敬之後，也會開始厭惡與人直接接觸，希望進入某種「博物館」（譬如國會等等）。依照布蘭克涅先生的邏輯，這樣的人或許也成為了某種「**物品**」。

但是物品與心的問題令人愈想愈複雜。樹脂製的小鳥，腦袋會發出喀拉喀拉聲，所以很難正常思考。她連打掃、唱歌的時候都會搞不清楚：「唱歌的是我的手嗎？那打掃的是我的聲音嗎？」對小鳥來說，物品與心的區別似乎模糊不清，但或許這樣才是真正像人偶的人偶吧！能夠清楚區分物與心的，說不定只有人類。或許這兩者在更深層的次元中，其實擁有超乎想像的相關性，而身為人偶的小鳥，就活在這樣的次元裡。

艾蜜莉愈來愈喜歡瑪奇潘，甚至將她放在人偶之家的客廳，並且把原本在那裡的布蘭克涅夫婦移到閣樓。但小鳥還是會到客廳晃蕩，所以遭受瑪奇潘刻薄對待。布蘭克涅先生雖然厭惡瑪奇潘，但托琪說厭惡只是浪費時間：「我們必須許願，我會許願的。大家必須一起許願。」然而狀況一直沒有改善，艾蜜莉依然只寵愛瑪奇潘。最後艾蜜莉甚至讓瑪奇潘成為這個家的主人，布蘭克涅一家則變成她的僕人。

狀況變得愈來愈糟。艾蜜莉甚至不顧夏洛特的反對，把蘋果當成瑪奇潘的孩子。只要人類想要，就能隨心所欲地改變人偶的家庭關係。

處境突然改變的蘋果，陷入了嚴重的險境。蘋果被擺在瑪奇潘所在的房間，卻因為太靠近火爐而被火星濺到，就要燒起來了。夏洛特說人偶之家傳來焦臭味，但對人偶之家失去興趣的艾蜜莉卻不予理會。就在布蘭克涅先生與托琪察覺蘋果的危機，想要衝過去阻止時，**小鳥**已經飛身擋在蘋果與火爐之間，在危急時刻拯救了他。但是，「突然閃過一縷亮光，是白色的火焰。剛剛**小鳥**所在的地方，已經看不見她的身影，什麼都沒有留下。只有**小鳥**原本穿的衣服，緩慢、輕柔地落在地毯上的**蘋果**身旁——」

小鳥犧牲自己的性命拯救蘋果，消逝在片刻輝煌中。

艾蜜莉與夏洛特察覺異狀，往人偶之家裡面一看，終於知道發生什麼事了。夏洛特說：「**小鳥**把她的性命給了**蘋果**啊！」這件事情讓艾蜜莉突然改變心意，她把人偶之家恢復原狀，將瑪奇潘送到博物館。

人偶之家就這樣再度恢復和平。但和以前不同的是，小鳥不在了。托琪說：「小鳥很幸福，能夠不假思索地這麼做。」小鳥無論就物品的角度來看，還是在心靈交流方面，都比其他人偶遜色，但卻可能是最接近靈魂國度的存在。她在完成與她相稱的工作之後，也許就在片刻輝煌中，前往靈魂的國度了吧！

05 做為心理治療師

關於這部作品還有許多事情可以討論，也能夠從不同的角度來看。但我最想談的，是就這部作品與自己從事的心理治療職業之間的關聯，再多說一件事。

那就是，我強烈感受到這些人偶的身影與心理治療師重疊。這是人偶的故事，但也是貫穿全書的艾蜜莉與夏洛特這兩個人類孩子的故事。她們在故事的過程中，經歷了各式各樣的體驗，也獲得了相應的成長。決定性的部分可以集中在兩點，第一點是她們屈服於金錢的慾望將托琪出租，但後來卻因為羞愧而將錢還給阿姨；第二點則是她們發現自己受瑪奇潘物質層面的魅力吸引，重新反思與自己心意相通的布蘭克涅一家的重要性。而她們的成長當然也包含為人偶之家打掃之類的努力。

艾蜜莉與夏洛特兩人，明顯地隨著故事的發展成長。在故事中幫助她們成長的就是這些人偶。但是人偶只能許願，不能主動「做」些什麼來實現願望。這點讓我感受到他們與心理治療師在本質方面的類似性。

舉例來說，艾蜜莉與夏洛特收到人偶之家時，因為太髒而被嚇到。這時候人偶無法幫忙打掃，他們唯一能做的事情只有許願。心理治療師也一樣。我們有時候會希望某個孩子去上學、不要再吸食香蕉水了。但我們唯一能做的工作本分，就是「許願」。而且最重要的是不放棄希望，持續不斷地祈禱。

結果不可思議的事情發生了。茵絲弗麗阿姨在最需要的時候出現，女王陛下說了很棒的話，或是收到意想不到的包裹。這些事情都恰巧發生，但卻不是人偶（心理治療師）刻意為之，只是順著「願望」自然發展罷了。

當然，願望有時候不會實現。但是當願望順利到有點恐怖、讓我們欣喜若狂時，壞事也有可能發生，譬如收到裝著瑪奇潘的包裹。

心理治療師有時候也會憎恨某個人，譬如「要是那位母親沒有那麼冷淡就好了」、「這個老師太嚴厲了吧」或是「如果沒有那個人在，一切都會順利多了」。但實際上就像托琪說的，「憎恨只是浪費時間」，只有許願是唯一重要的事情。

心理學家能做的或許就只有許願吧！這時瑪奇潘的存在就變得很重要。瑪奇潘不許願，她透過身為「物品」的魅力驅使人類。接受心理治療之後，拒絕上學的孩子開始去上學了，不工作的人開始工作賺錢了。這些或許也是心理治療的魅力，人們受到這樣的魅力驅使也是事實。但只依賴心理治療的魅力，開始對此自滿的治療師，或許就變得像瑪奇潘一樣。當然，他們可能得以**功成名就**，進入**博物館**。但為了達到這個目的，勢必也得犧牲許多心靈的牽絆吧？

我一邊思考著這些事情，一邊閱讀這部作品，所以對小鳥的死真的很震驚。這似乎是在重新提醒我，心理治療是個攸關性命的工作。我們必須承認，確實有人因為這個工作失去性命。

那麼心理治療師必須為了救人而犧牲自己的性命嗎？我們讀這個故事時，不能只單純**看字面上的意思**。即便我們在閱讀時將心理治療師與人偶重疊，一個心理治療師的內在，也可以住著許多人偶。治療師不需要完全化身成為某個人偶。我們的內在不只住著布蘭克涅一家，也住著瑪奇潘。仔細想想，孩子也需要瑪奇潘才能獲得真正的成長。這許許多多的人偶或許就在治療師心中誕生、死亡，而治療就在這整個過程中逐漸進行吧！

第三章

阿斯特麗·林格倫

《獅心兄弟》

01 不可思議的故事

林格倫（Astrid Lindgren, 1907-2002，瑞典童書作家）的《獅心兄弟》[1]，在她的許多名著當中，是本特別傑出的故事。幾年前，我曾到瑞士蘇黎世的童書專賣店，請店員推薦出色的作品，於是店員立刻拿來一本書。我一看，書名是Broderna Lehonhjarta，當下雖然疑惑：「咦？林格倫寫過這本書嗎？」但馬上想起這是在日本譯為《遙遠國度的兄弟》[2]那本書的原書名。我告訴店員，這本書已出版日文版，而且我也讀過了，店員看起來很高興地說：「原來如此，果然好的書大家都讀過呢！」

林格倫的作品當中我最喜歡這本。但這也是一本相當難以討論的作品，在此雖然下定決心撰寫評論，但我至今都難以確定自己是否掌握了其全貌。但愈是名著，原本就愈難讀得透徹，因此動筆前，我決定只在自己了解的範圍內，就能夠說明的部分進行說明。

這個故事具有不可思議的深度。如果有人從第三章左右開始讀，應該會將本書當成有趣的冒險故事讀下去吧！若將本書當成單純的冒險故事來看，確實相當出色，但從頭開始讀的人就會知道這寫的是「死後的世界」，所以讀的時候，心底深處總有某些念頭在蠢動，無法純粹享受冒險故事中驚險刺激的內容。或許正因為林格倫擁有本書展現的深度，所以才能寫下《長襪皮皮》（*Pippi Langstrump*）[3]這部深不可測的作品吧？我認為讀了本書之後，應該更能充分理解皮皮的好。

這本書從下面這段話開始：

---

1 譯註：本書有中文版，《獅心兄弟》，張定綺譯，遠流，二〇〇八年。
2 譯註：此書在日本的書名為『はるかな国の兄弟』，大塚勇三譯，岩波書店。
3 譯註：《長襪皮皮》，賓靜蓀譯，親子天下，二〇〇八年。

接下來我要說說我哥哥的故事。我想說的就是我的哥哥獅心強納森的故事。這個故事聽起來完全就像一則傳說，可能還有一點點像鬼故事，但全部都是真的。

說故事的人是強納森的弟弟卡爾，他是一名長期臥病在床、雙腳彎曲無法步行，而且知道自己來日不多的十歲男孩。與這膽小懦弱的男孩相比，哥哥強納森優秀出眾，幾乎一點缺點也沒有。但如果先跳到本書的結尾，就會知道卡爾在本書的最後，揹著因為受傷而動彈不得的哥哥強納森，從懸崖邊往前一步跨進黑暗當中。說得明白一點，就是卡爾與哥哥強納森一起結束生命。但如果有讀者從頭讀到這裡，應該不會想到「結束生命」或「自殺」之類的字眼吧！而且也沒有人認為這是一部「主角最後自殺的故事」，或是「兄弟一起自殺的故事」。但在這個故事當中，這對兄弟最後自殺卻是事實。

為什麼我會這麼說呢？因為如果順著發展的順序描述這個故事，應該是卡爾與強納森在死後的世界楠吉亞拉展開冒險，最後兩人飛往比楠吉亞拉更棒的國度——**楠吉利瑪**。而卡爾就在楠吉利瑪告訴我們他的經驗。換句話說，就故事的**觀點**來看，楠吉亞拉是死後的世界，楠吉利瑪則是在那裡死後所前往的世界。然而當我們順著故事往下讀的時候，也會將注意力往更深層的觀點移動，到了故事的最後，甚至都要忘記兄弟倆的行為從這個世界的觀點來看就是自殺、結束生命了。但是忘掉這點或許也無所謂。

報紙上有時會看到中學生自殺之類的報導，有些記者還會仔細地連原因都寫出來，譬如「因為被母親責罵」，或是「忘記寫作業」等等。但這是俗人的妄想，實際上也許是一位有勇氣的少年飛向楠吉利瑪。有些人可能會認為我這麼說是在讚美自殺，但抵達楠吉利瑪之前，必須先到楠吉亞拉這個世界，那裡不能說是一個特別棒的國度，主角也必須經歷一定程度的辛苦。而楠吉亞拉的世界，也是作者特別花心思描寫的部分。就讓我們一邊思考這些事情，一邊往下閱讀作者所說的「全部都是真的」的故事吧！

02 死後的世界

就像先前所說的，主角卡爾·萊恩（萊恩就是獅子的意思）是一名接近死期的十歲男孩，只能過著臥病在床的生活。某天卡爾的母親以為他已經睡著，與鄰居提到卡爾的病情，卡爾不小心聽到了，才知自己死期將近。他不想讓母親知道自己聽到了這件事，只跟哥哥強納森坦白。強納森聽著弟弟悲嘆自己命運，對死亡充滿恐懼，便對弟弟說（強納森稱呼他為小餅乾）[4]：「小餅乾，我不覺得死亡有那麼可怕。」他甚至還說：「死亡是一件很棒的事。」因為死去的人會前往楠吉亞拉，「那是一個營火與故事的時代」，而且「從早到晚都能冒險，甚至持續到半夜」。強納森還說，小餅乾只要去到那裡，「就能立刻變得健康強壯，而且或許還會變好看呢」。

強納森「長得就像童話故事裡的王子，頭髮像黃金一樣閃閃發亮，深藍色的美麗雙眼看起來就像真的會綻放光芒，牙齒又白又整齊，連雙腿都修長筆直」。而且他溫柔、強壯又無所不能，是班上的第一名，完全就是理想的少年。至於弟弟小餅乾給人的感覺，則像背負了他所有的陰影。但令人欣慰的是，這兩兄弟感情好得不得了，強納森還用楠吉亞拉的事情安慰小餅乾。楠吉亞拉雖然讓小餅乾的心情平靜下來，但他抱怨如果自己先死掉了，等待強納森前來的時間就會很痛苦。不過強納森告訴他，楠吉亞拉的時間和地上不一樣，就算自己活到九十歲，小餅乾也只要等兩天左右。

但意想不到的命運降臨在兩人身上。家裡突然失火，小餅乾無法逃跑，強納森於是衝進烈焰中，揹著弟弟從三樓跳下。雖然他當場喪命，小餅乾卻活了下來。強納森的級任老師知道這件事情之後，在報紙上投稿了一篇文章，裡面引用英國的查理一世被稱為獅心王的典故，給予他獅心強納森這個

4 譯註：中譯本將弟弟的綽號翻譯成「史科迪」，但日文版本直譯出來是餅乾的意思，在此遵從日譯本的翻譯。

名字。

鎮上的人都為強納森的死感到惋惜，「如果我（小餅乾）代替強納森死掉就好了大家一定都這麼想」，這個薄命的男孩不得不在如此痛苦的狀態中繼續活下去。他賴以為生的動力是強納森留下的遺言：「別哭，小餅乾，我們楠吉亞拉見！」但他依然無法肯定這句話是真的。就在這時，一隻雪白的鴿子飛來。強納森的魂魄就附在鴿子身上。鴿子說強納森已經在楠吉亞拉定居了，他在「櫻桃谷」的「騎士小屋」門口放著一塊寫著「獅心兄弟」的牌子，等待小餅乾到來。小餅乾開心得不得了。他覺得自己今晚應該就能去楠吉亞拉。於是他留了一張簡單的字條給母親。

「媽媽，不要哭！

我們楠吉亞拉見！」

接著**事情**就這樣發生了。我從來沒有遇過這麼不可思議的事情。突然之間，我不知不覺就站在門前，讀著綠色牌子上的字……「獅心兄弟」。

小餅乾很快就見到強納森，兩人互開玩笑，在小河裡游泳。小餅乾的身體變得和普通人一樣，完全恢復健康。櫻桃谷裡開滿櫻花，美不勝收。他們的騎士小屋也很棒，還為他們養了葛里姆和費亞拉兩匹出色的馬。所有的一切都棒到不能再棒了。他們還聊著如果以後媽媽來到這裡，可以和他們一起住。

如果有這麼愉快的死後世界，那麼像強納森一樣在現世**就已經知道**這件事的人，該是多麼幸福啊！我們可以說，強納森能夠由衷安慰害怕死去的病弱弟弟，甚至果敢拯救他的性命，都是因為知道死後世界的存在。但事情沒有那麼簡單。如果楠吉亞拉真的這麼好，強納森為了讓小餅乾早日去到那裡，火災時應該讓他就這樣死去，不要救他比較好吧？再者，他們的父親在小餅乾兩歲時，出海之後行蹤不明，但他也不在楠吉亞拉。就算父親**還活在現世**的某處好了，兄弟倆也只期待**不久之後**母親的到來，卻對父親不聞不問，這點也相當不可思議。雖然讀者心裡浮現這些疑問，但姑且先放在一邊。小餅乾後來逐漸發現，楠吉亞拉這個地方，其實不像自己一開始感受到的那樣，所有一切都很美好。那裡存在著相當程度的邪惡，情況甚至可能比現世更嚴峻。

02 冒險

櫻桃谷騎士小屋的生活非常舒適。那裡什麼東西都有，強納森與小餅乾穿著騎士服，騎著馬到處遊玩。小餅乾問強納森，他們在楠吉亞拉是生活在非常古老的時代嗎？強納森雖然肯定的回答：「在某種意義上或許可以這麼說」，但他也補充了一句：「但你也可以說它是個年輕的時代。」

他們在散步時遇到一位叫做索菲雅的女性。索菲雅給了強納森麵包、牛奶、蜂蜜等等，強納森則幫她照顧庭園做為交換。當天晚上，兩人在索菲雅的建議之下，拜訪「金雞旅館」。這間旅館的老闆喬西與其他所有人都一起溫暖地歡迎兩兄弟，大家唱歌度過歡樂的時光。小餅乾逐漸與大家熟稔起來，同時也發現大家特別尊敬索菲雅，但她似乎懷著某種祕密的擔憂。

強納森半開玩笑地稱呼索菲雅為「鴿子女王」，因為她養了許多鴿子。

小餅乾想起強納森的靈魂曾附在其中一隻鴿子上，去到那邊的世界探望他。索菲雅的鴿子也負責在櫻桃谷與鄰近的「野玫瑰谷」之間傳遞訊息，但不料其中一隻被人射殺了，強納森與索菲雅悲憤地說：「櫻桃谷裡有叛徒！」小餅乾一頭霧水，強納森便把事情的來龍去脈說了一遍，原來野玫瑰谷與櫻桃谷從前是互相往來的和平小鎮，但鄰國卡曼犽卡的領袖呑奇爾率領部下佔領了野玫瑰谷，接下來也準備將櫻桃谷納入版圖。

死後的世界也有壞人與背叛者，兄弟倆必須對抗他們。

索菲雅是反抗呑奇爾的地下領導者，雖然強納森與野玫瑰谷的歐瓦爾一直協助她，但歐瓦爾卻因為某人的背叛而被呑奇爾抓走了。呑奇爾能夠操縱恐怖的怪獸卡特拉，並將歐瓦爾關進「卡特拉岩洞」。強納森為了拯救歐瓦爾，留下傷心的小餅乾，獨自一人前往野玫瑰谷。索菲雅與強納森兩人一心只想與呑奇爾一戰，毫不畏懼，但小餅乾卻是個膽小鬼，雖然想變得像他們兩人一樣勇敢，卻總是很害怕。而這也是強納森在前往野玫瑰谷時，沒有帶上小餅乾的原因。

某天，小餅乾在夢裡聽見強納森呼救。他想都沒想就大喊：「我來了！」並且從床上跳起來，衝進黑暗當中。但最後他又躲回床上，因為自己的弱小、悲慘而意志消沉。到了隔天早上，小餅乾依然不知道該怎麼辦，但他回想起強納森在離開之前曾說過：「有些事情就算知道危險也必須去做，否則就不算是個人，只是一粒微塵！」於是他下定決心，獨自一人出發去拯救強納森。他騎著愛馬費亞拉朝著野玫瑰谷前進，路上曾遭遇狼群襲擊，逃出之後在途中發現的洞穴裡紮營。

這時，呑奇爾的部下維達與凱達也來到同一個洞穴，等著與櫻桃谷的「叛徒」見面、傳遞消息，但不知道小餅乾就在洞穴裡紮營。小餅乾懷疑叛徒是櫻桃谷的居民胡伯特，但他沒想到出現在那裡的卻是金雞旅館的老闆喬西！曾對自己那麼友善的喬西，竟然是叛徒，小餅乾震驚不已。呑奇爾的部下用烙鐵在喬西身上烙下卡特拉的印記，他們說這是同伴的記號。小餅乾從他們的對話中，得知強納森還沒被呑奇爾的黨羽抓走，他們正拚命尋找強納森的蹤跡。

隔天早上，小餅乾被呑奇爾的部下維達與凱達發現了，他謊稱自己是野玫瑰谷的居民，與爺爺住在一起。兩個部下為了查明真偽，押著小餅乾回到野玫瑰谷。在呑奇爾的命令之下，野玫瑰谷的四周圍著高牆，任誰都不能自由進出。如果想要通過，必須對門衛說出暗號。維達他們押著小餅乾來到鎮上，逼迫他說出爺爺住哪，讓小餅乾不知所措。

但是奇蹟發生了。小餅乾看見其中一戶人家門口，有一個老爺爺正在餵鴿子，其中一隻鴿子全身雪白。他撲進老爺爺懷裡對他說：「救救我！請你救救我！跟他們說你是我爺爺！」老爺爺機敏地扮演小餅乾的爺爺，救了他一命。這個老爺爺名叫馬提亞斯，他還告訴小餅乾，強納森就藏在自己家的密室裡。

小餅乾的冒險還會持續下去，但就如同先前所說的，當我們沉浸在冒險故事中時，會忘記這一切都發生在「死後的世界」。而實際上，楠吉亞拉真的可以稱為「死後的世界」嗎？死後的世界不是應該分成極端美好的天堂，或是極端悲慘的地獄嗎？但楠吉亞拉既有和平的櫻桃谷，卻也存在呑奇爾這種令人懼怕的惡者。讀了這個故事之後，甚至讓我懷疑楠吉亞拉才是**今生**，一開始描述的世界是**前世**，最後提到的楠吉利瑪則是來世。真要說起來，我們或許活在楠吉亞拉的世界，但卻沒有強納森那種能夠看透這點的眼光，所以從來沒有考慮過前世與來生，只能日復一日生活在和平與戰爭當中。

或者，我們也可以這麼想。大家心裡都有相當於強納森與相當於小餅乾兩種相反的個性，同時存在著。一方面懦弱膽小、想依賴他人，但另一方面又強烈自律、充滿洞察力。「自己」就這樣在同時擁有兩種個性的狀況下，試圖往心靈深處探索。但所謂的心靈深處，也存在著不同次元的深度，當次元改變時，我們就不得不體驗「死亡」。深層部分幾乎都會以「古老」的形式展現，所以這樣的體驗看起來就像**古老傳說**，但由於也包含了未來的可能性，因此就如同強納森所說，那是個非常古老的時代，但「或許也可說是年輕的時代」。

不過，像這樣的**心理考察**，有沒有應該都無所謂，總之我們就順著故事的發展繼續說下去吧！

03 對抗邪惡

小餅乾見到了被馬提亞斯藏起來的強納森。他們互相交換情報，小餅乾告訴強納森背叛者是喬西，他立刻透過鴿子將消息傳給索菲雅。強納森則告訴小餅乾呑奇爾的種種暴行。譬如天黑之後禁止外出，也不許吹口哨。野玫瑰谷的人種植的農作物都要上繳給呑奇爾，大家只能過著有一餐沒一餐的生活。

馬提亞斯是對抗呑奇爾的叛軍中心人物，他與強納森兩人悄悄挖掘一條密道，穿過野玫瑰谷的圍牆底下，直通城外。強納森是呑奇爾在找的人，藏匿他將被處以死刑。呑奇爾的手下經常到處巡邏，要避開他們相當不容易。這段情節雖然很有趣，但在此先全部省略吧！

某天，呑奇爾帶著手下從卡曼犽卡來到野玫瑰谷。強納森建議小餅乾去看看吞奇爾。強納森說：「因為這樣你也會更了解這一切。……你會更了解為什麼這座谷裡的人儘管做著苦工、餓著肚子、失去性命，依然持續抱著唯一的信念與夢想——讓這座山谷重獲自由。」的確，有時候無論多麼害怕，都必須直視邪惡的身影。

吞奇爾要求野玫瑰谷的所有男人在自己面前排成一排，而被他用食指指到的男人，就會被帶到卡曼犽卡成為奴隸。他們將被壓榨到筋疲力盡，最後成為怪獸卡特拉的食物。如果有人反抗，也會當場被吞奇爾的部下斬殺。野玫瑰谷的人對這樣的暴行束手無策。

這樣的暴行讓人聯想到納粹對待猶太人的方式。楠吉亞拉可說是以更殘暴的形式存在於這個世界，而且是在距今較近的時代（編按：本書撰寫於一九七三年），而不是什麼「傳說」的國度。

馬提亞斯與強納森靠著機敏與努力完成地底密道，強納森與小餅乾利用這條密道離開野玫瑰谷，前往拯救被拘禁在卡特拉岩洞的歐瓦爾。當天晚上他們看見卡特拉可怕的身影。強納森跟小餅乾解釋：「牠在遠古以前的某個夜晚進入洞裡沉睡，一睡就是好幾千年，睡到沒有人知道牠的存在。但有天早上牠醒了。」卡特拉侵入吞奇爾的城堡，殘殺吞奇爾的部下，但吞奇爾在偶然之間發現卡特拉懼怕他吹響的戰鬥號角，從此之後卡特拉就對他唯命是從。現在卡特拉被鐵鍊拴著，住在卡特拉岩洞裡。

一隻狐狸出現在兩人紮營的地方，他們順著狐狸竄出的方向，找到關著歐瓦爾的洞穴。一切都這麼順利，讓小餅乾不禁心想：「這所有的一切，或許在傳說的很久以前就早已注定。」事情的安排太過湊巧，但果真所有的一切都這麼**順利**嗎？

兩人雖然救出歐瓦爾，卻遭到追兵追擊。強納森與小餅乾將一匹馬給歐瓦爾，兩人共騎另一匹馬。但兩人共騎無論如何都跑不快，小餅乾於是下馬躲進密林，歐瓦爾與強納森則甩開追兵回到野玫瑰谷。後來索菲雅、喬西，以及一開始被小餅乾誤認為是叛徒的胡伯特，出現在獨自留下的小餅乾面前。喬西巧妙騙過索菲雅，正打算將她引入吞奇爾的陷阱。這時小餅乾指出喬西胸口的卡特拉印記，證明了他是叛徒，而企圖逃跑的喬西，則落入卡瑪瀑布的深淵。

隔天，眾人在歐瓦爾與索菲雅領導下，展開對抗呑奇爾的大戰。呑奇爾雖然將卡特拉帶到戰場，強納森卻搶走了他的號角，反抗軍因此獲得勝利，卡特拉也臣服於強納森。

強納森與小餅乾為了將卡特拉關回洞裡，一邊吹著號角，一邊帶著卡特拉往山上走去。但卡特拉噴到馬兒身上的氣息卻讓牠們驚嚇失控，號角也在這時從強納森的手裡掉落。脱離束縛的卡特拉發狂地追趕兩人，但強納森推下一塊岩石，將卡特拉砸到瀑布底下。瀑布裡住著另一隻遠古怪獸卡姆，兩隻怪獸展開一場惡鬥，最後同歸於盡。或許，像卡特拉這種邪惡的存在，無法靠著人類的力量直接消滅，只有讓牠與勢均力敵的邪惡戰鬥，才能抹去牠的身影。當然要走到這一步，人類也必須付出許多努力，就像強納森他們所做的事一樣。

漫長、辛苦的戰爭之日結束了，但小餅乾想起在戰爭中死去的馬提亞斯，不禁悲從中來。強納森卻出乎意料地說，馬提亞斯已經在楠吉利瑪了。

強納森解釋：「楠吉利瑪不是可怕的傳說時代，而是愉快的童話時代。那裡有許多好玩的事情。人們整天玩耍。當然，他們也會工作，而且不管遇到什麼事情都會互相幫助。不過大家依然盡情地玩樂、唱歌、跳舞、說故事。」去到楠吉利瑪的馬提亞斯有一座蘋果園，兄弟倆可以在那裡和他一起生活。

此時強納森突然告訴小餅乾，自己被卡特拉的火焰燒到，身體漸漸無法動彈，而且絕對治不好。「不過，只要我去到楠吉利瑪就行了！」強納森說。他回憶起火災的時候，自己揹著小餅乾跳到院子裡的事情，並且提議這次換小餅乾揹著自己跳下懸崖。當然，這意味著死亡。但強納森肯定地說，只要一落到地面，就能看見來自楠吉利瑪的光。

小餅乾雖然害怕，卻下定決心。從前是哥哥幫助自己，這次換他來幫助哥哥。「這樣我們就扯平了。」他說。雖然如此，小餅乾還是很害怕。「你怕嗎？」強納森問他。

「不怕……不，我很怕！但我還是要做，強納森，我現在就跳……

現在……跳下去之後，我就絕對不會害怕了。我已經不怕……」

「哇，楠吉利瑪！沒錯，強納森，沒錯，我看見光了！我看見光了！」

這個壯闊的故事到此結束。我只是順著故事的脈絡寫下去，沒有夾雜太多自己的想法，這是因為我希望各位可以品味這個故事本身所擁有的，令人震懾的力量。

04 勇氣

讀到這裡我們可以知道，不是每個人死後都能去到楠吉利瑪，事情沒有那麼簡單。死後的世界除了天堂與地獄之外，或許還有更細的區分吧？楠吉亞拉的人們害怕「死刑」，而喬西雖然被卡瑪瀑布吞噬，但似乎不是每個在楠吉亞拉死去的人都會去到楠吉利瑪。

我們可以把這個故事，當成膽小懦弱的少年小餅乾成長為無畏勇者的過程來讀。他的哥哥強納森，總是在這個過程當中指引他。強納森是個無畏的人。但如同先前提到的，他的無畏背後，有著對死後世界的確切認知在支撐。**無懼**的吞奇爾，則是無畏的強納森的對照。吞奇爾能夠若無其事地殺人。但強納森就算實際與吞奇爾戰鬥，也堅持「我不殺人」。書中也描寫了強納森在吞奇爾的部下快要溺死時伸出援手。當他被問到為什麼要這麼做時，他回答：「我不知道這麼做真的好嗎？」然而他也補充：「但有些事情人非做不可，如果不這麼做就稱不上是個人，只是一粒微塵。」強納森的勇氣背後，也有遵循自己命運生存的強韌；而且只要尊重人的命運，就會努力讓別人活下去，這也是人類的義務——雖說只要談到「命運」這東西，就很難以一般的話語來說明。

開頭描述的兄弟倆在**這個世界**的故事，以及結尾對楠吉利瑪的展望，給了這個冒險故事難以量測的深度。我在前面也提過，如果將楠吉亞拉的世界當成現世，對於**前世與來世**生活的想像，就會帶給現世的生命無窮的深度。當然，從這樣的次元看待現世時，也必須理解到那裡存在著人力無法戰勝的邪惡，譬如卡特拉。但也不能說人力無法與之抗衡所以邪惡無法消滅，因為有時也會發生類似卡特拉與卡姆互相殘殺的事情。當人類懷著對死亡的自覺活著時，不可思議的事情就會發生，讓人忍不住覺得「所有的一切都已經注定好了」。或者也可以說，事情看起來經常展現出這樣的面向。對人類而言，沒有其他事情像死亡那麼讓人有命中注定的感覺。人類在看似「注定好」的事情當中，盡可能地做所有能做的努力。儘管怕得不得了，也必須完成該做的事情。膽小鬼小餅乾最後就在這樣的過程中，成長為「勇敢的小餅乾」。

就像前面提到的，我們可以將這個故事當成潛入人類心靈深處的冒險過程來讀。無意識的世界確實是個充滿「故事」的、古老又年輕的時代。這些「故事」能夠放大現實，讓現實看起來更確切，但也某種程度遠離現實。舉例來說，在這個故事當中，只有開頭的一行提到獅心兄弟的父親。「父親」缺席的兄弟如何獲得勇氣，也是這個故事探討的課題。故事中有馬提亞斯這樣的老爺爺，也有索菲雅這樣的女性指導者。但最先給人信賴感、扮演「父親」角色的喬西，卻完全是個背叛者。楠吉亞拉也延續了父親缺席的情形。這或許也反映出現代的狀況吧？強納森對小餅乾的引導貫穿了整個故事。但在最後最重要的部分，卻由小餅乾肩負起帶領強納森前往楠吉利瑪的任務。我認為這個結尾極為重要。正因為無畏的強納森與懦弱的小餅乾這兩人總是焦孟不離一起行動，所以他們才能抵達楠吉利瑪。當我們探索無意識的世界時，或許也需要強納森與小餅乾這樣的搭檔吧！

第四章

保羅・葛立軻

《七個人偶的愛情故事》

01 前言

葛立軻（Paul Gallico, 1898-1976，美國作家）是《流浪的珍妮》（*Jennie*）與《無尾鼠》（*Manxmouse*）等兒童文學名著的作者，應該擁有不少書迷。我閱讀這些作品時很感動，但在此想要討論的是葛立軻另一部尚未被提及的作品《七個人偶的愛情故事》（*Love of Seven Dolls*，矢川澄子譯，王國社，以下引用自該書），這是我自己讀了之後最喜愛的作品。本書是否該當成兒童文學，或許有爭議，但中學以上的孩子讀了之後應該會很感動。而且，雖然有點偏離體裁，但我認為無論如何都應該挑選自己最喜愛的故事，因此決定討論本書。

葛立軻想必擁有傑出的天賦。他能夠以極其精妙的手法，統整許多不合邏輯、難以處理的題材，並將其組織成完成度非常高的作品。我雖然對於這點佩服得五體投地，但他的才能太過驚人，也讓我覺得自己沒辦法那麼喜歡他。

這個故事有一個重點，那就是人偶「有時候會莫名其妙地自己動起來，不再受他（操偶師）操縱」。人偶雖然應該根據操偶師的意志活動，但有時也會發生奇妙的事情，自己隨意動起來，而且他們的行動將推動故事往下發展。

這點也很像文學作品中作者與登場人物的關係。登場人物不只像人偶一樣根據作者的意志活動，他們也會根據自己的意志展開行動。創作就在這兩者的動力之下進行。作者（操偶師）的力量太強大，也許可以完成傑出、有趣的故事，但這個故事就會缺乏創造力。反之，如果登場人物（人偶）的活動完全不受控制，作品也無法成形。

葛立軻對這點非常清楚。正因為他了解這點，才能寫出這麼動人的人偶故事。然而也因為葛立軻擁有驚人的天賦，他的作品終究會給人靠著作者一己之力，以極其巧妙的方式整合起來的印象。我雖然對這個部分不太滿意，但除去這點，我還是很喜歡這部作品，所以決定拿到這裡討論。我的同事山中康裕也喜愛這部作品，他投稿的書評就刊登在王國社出版的書裡。我的論點也有許多與他相似之處，但總之就讓我們順著故事的發展探討下去吧！

02 走投無路

這個故事從一個完全走投無路，站在絕望深淵的女孩開始。

時節是春天，地點是現代的巴黎。一位年輕女孩就要跳進塞納河裡。那是一個瘦弱難看、有著一張大嘴與黑色短髮的女孩。她原本應該勻稱豐滿的身材，現在卻瘦到只剩皮包骨。她的臉型雖然可愛迷人，現在卻因為飢餓與悲慘的失敗而顯得萎靡憔悴。一雙眼睛看起來就像被什麼附身一樣，又大、又黑、又濕潤。

我們透過接下來的說明可以知道，這個年輕女孩是孤兒，大家都叫她小蠅，她來到巴黎想靠演戲維生，但遭遇嚴重挫折，最後被逼得「只能餓死或賣身」，完全陷入走投無路的狀態。

但人類在這種走投無路的狀態中，才更容易接觸到靈魂的現實吧？當然，靈魂是一種捉摸不定的事物，我們無法歸納出單純的法則，推測靈魂在什麼時候顯現、又會如何顯現，但我認為，人類接觸到靈魂的現實時，的確經常是走投無路或四面楚歌的時候。

死意已決的她，遇到了不可思議的事情——有人偶來找她說話。庫克船長劇團的一個人偶「紅蘿蔔」一眼就看穿她的狀態，並裝作若無其事地向她打招呼。她與人偶的交流就從這裡開始，走投無路的她朝著另一個方向開啟了新的世界。然而她與人偶的對話之所以能夠成立，或許也該歸因於她陷入了完全絕望的狀態。如果她匆忙趕路找工作，或者拿著領到的薪水外出購物，人偶也許就不會找她說話，即便跟她打招呼好了，她也會置若罔聞吧！

人偶的事情容後再述，我們先來談談操偶師庫克船長。小蠅在人偶的鼓勵之下決定活下來，就在她因此歡欣鼓舞時，見到了操偶師庫克船長。她一見到庫克，就覺得「彷彿有一隻冰冷的手覆在心臟上」。在庫克的身上「大概從來不曾看過溫暖與仁慈」。

庫克的本名是米歇爾．佩羅，出身於巴黎的貧民窟，父親不知道是誰，母親是流鶯。而且母親在他六歲時就被殺了。因此「米歇爾半輩子來沒有接受過任何人溫柔、親切的對待，而他自己一直以來也是如此回報這個世界。他打從心底藐視這一切，無論是男人、女人、小孩，甚至是上帝，他都沒有正眼瞧過他們，也沒有展現過任何敬意。三十五年間，他從來沒有愛過任何人、任何物品或是其他什麼的記憶。」

他的情況與其說是走投無路，不如說是「根本不想走出去」。他長這麼大，一直都是藉著封閉自己的心、拒絕與其他人交流來保護自己。或者可以說，就是因為他擁有拒絕外力作用的力量，才能戰勝無盡的不幸而活下來吧！這個拒絕走出去的男性，深受走投無路的女性吸引，也許正是上天的安排。但為什麼會發生這樣的事情呢？對任何人都封閉內心的男子，有可能對小蠅這樣「瘦弱難看、有著一張大嘴與黑色短髮的女孩」付出關心嗎？徹底無情的他「就連看到一整群的絕望少女衝進塞納河裡，或許也不會動一下眉毛」，他應該對「女人也好、死亡也好、死去的女人也好，都能投以平靜的目光」。

這個祕密就在人偶身上。最先去與急於赴死的小蠅說話的，是人偶之一「紅蘿蔔」。那麼米歇爾與人偶的關係，又是如何開始的呢？米歇爾曾在戰爭中被德軍俘虜，送進集中營。「在這個受詛咒的人生中受詛咒的時期，米歇爾開始雕刻七種人偶，幫他們穿上衣服，賦予他們生命，為關在一起的囚徒帶來安慰。」拒絕與人類交流的他，透過與人偶的關係找出一條生存之道。而「米歇爾發現他愈是盡可能避開逗士兵發笑的低俗台詞，每個人偶的個性就會開始變得愈鮮活、愈有生命力。」

這是非常重要的事情。只有拒絕輕易逗人發笑的方向，自己創造出來的事物才得以發揮個性。我在前面提過人偶與作品中的角色人物是很類似的，而文學作品中登場人物的個性，也只有在不刻意迎合讀者的喜好時，才能發揮出來。

但米歇爾並沒有思考這些比較複雜的事情。就算人偶自己動起來，不受他的操縱，他也「不把這個現象當一回事，也不覺得這有什麼好擔心的。他只是單純地接受世界上就是有這種事情。而且這些自己會活動的人偶，或許也帶給他某種遠離日常生活層次的、有點奇特的滿足。」

人偶確實透過找小蠅說話，將這個走投無路的女孩與不願走出去的男子，引導到超越日常層次的靈魂次元。就連由衷藐視這個世界、一昧對他人封閉內心的米歇爾，也對意想不到的深層次元敞開心房。

03 人偶

接著就來介紹這七個人偶吧！最先制止小蠅跳下塞納河的是紅蘿蔔，他是個「紅髮的少年，有著圓圓的鼻子和尖尖的耳朵」。就在小蠅與紅蘿蔔說話的時候，出現了「金色捲髮，眼睛又大又亮，噘著小小的嘴巴」的琪琪。她說：「紅蘿蔔，你該不會覺得這個女孩很漂亮吧？」她似乎是在嫉妒。琪琪消失之後，接下來出場的是「有著尖尖長長的鼻子，帶著諷刺般的笑容」，眼神貪婪的狐狸雷納多。小蠅說：「我從來沒有見過像你這樣令人覺得不舒服的人。」雷納多回答：「但我的內心就像小貓一樣，可悲的是沒有人相信。」小蠅聽了他悲傷的控訴忍不住被打動，大喊「我當然相信你」。這些人偶已經讓走投無路的小蠅如此敞開心房。

在狐狸之後登場的人物是「一頭亂髮、看起來可怕，但表情似乎莫名悲痛的巨人」亞力凡法隆，簡稱亞力。巨人雖然長相兇惡，卻很黏人。當巨人知道小蠅不怕他之後，就把頭靠在小蠅身上撒嬌地說：「幫我抓抓頭。」狐狸雷納多看到之後說「我也要」，硬是要把頭靠在小蠅肩上。打動她的人偶，都是內心與外表不符的撒嬌鬼。

第五個人偶是「一臉正經的企鵝，鼻子上的眼鏡垂下一條黑色緞帶」。根據狐狸的介紹，他是學院會員杜克洛博士。博士神氣十足地說：「我才剛從人類搜查學會的年度午餐會回來。」

除了這些人偶之外，這時還出現一位重要人物哥羅。他是個「臉上布滿皺紋、身穿破舊塞內加爾軍服的獨眼黑人，有著橡膠一般的大臉，頭光禿禿的」。哥羅受雇於庫克船長，負責照顧人偶、開車載著劇團到處跑、彈吉他為人偶唱的歌伴奏，換句話說就是，只要有需要，他什麼事都做。

雷納多會唱男高音，所以要求小蠅與他合唱。哥羅用吉他幫他們伴奏，中間還穿插著杜克洛博士的男低音。附近的人聽到他們的歌聲都聚集過來，在唱完歌之後給了他們不少賞錢。就在小蠅因此鬆開心房時，第六個人偶，門房蜜思嘉現身了，她是個「眉毛往上吊的中年婦女，身穿罩衫，戴著打掃時的帽子，手上拿著抹布」。蜜思嘉非常喜歡八卦，她主動靠過來對小蠅說「其他人偶是人渣，不能相信他們」。

最後出現的是「戴著方形金屬框眼鏡、襪子製成的帽子，身穿皮革圍裙的老紳士」尼可拉先生。他說自己的工作是製造、修理玩具。尼可拉就像看透小蠅一樣，用探詢、關懷的眼神看著她，要她不妨說說自己的煩惱。小蠅「心中的顧慮就隨著落下的眼淚一同解放」，她對這些人偶「直率地坦白自己的考驗與失敗，聽者無不動容。如果傾訴的對象是人類，小蠅也許無法如此坦誠地告白吧！」這麼悲傷的告白，有時與其對人類傾訴，還不如對人偶傾訴比較好。不過或許也要看人偶的種類。

尼可拉聽了小蠅的故事之後，建議她加入這個人偶劇團。但「表面上的負責人」是紅蘿蔔，必須重新請他許可才行。紅蘿蔔答應了，讓小蠅成為庫克船長劇團的一員，小蠅不禁喜極而泣。

雖說必須取得紅蘿蔔的許可，但最後其實還是應該看庫克船長的意思，畢竟他才是人偶劇團的團長。然而有趣的是，儘管庫克對女孩的死活完全不關心，但依然在自己也莫名其妙的情況下，遵循「人偶的意志」。

小蠅加入劇團非常成功。劇團演出的是老套劇碼：「紅蘿蔔與琪琪相愛，但琪琪的母親、貪婪的蜜思嘉太太，卻硬要將琪琪嫁給有錢又愛吹牛的老頭杜克洛博士」。小蠅被臨時推上台，靠著機敏的應變能力扮演說明、解釋、守護、斥責等角色。不過她有一項天賦，能夠「暫時把自己的事情拋在腦後，先全心投入眼前的工作」，而且也因為她對人偶付出完全的信任，所以能夠立刻帶領觀眾進入劇中虛構世界。基於這些原因，小蠅第一次演出就大獲成功，哥羅收到的賞錢，遠超過庫克劇團至今賺得的收入。

庫克船長大撈了一筆，不僅在便宜的旅館為自己訂了一間房間，還幫小蠅訂了樓上的僕人房，甚至吃了一頓前所未有的奢侈晚餐。但庫克卻刻意刁難小蠅，對她發洩自己陰鬱的情緒。

儘管團長刁難到近乎苛刻，小蠅與「七個人偶的溫暖交情卻日益深厚，不久之後小蠅就摸清了他們的個性以及優缺點」。紅蘿蔔很有野心，凡事積極努力；杜克洛博士雖然自大又愛吹牛，其實有點糊塗；琪琪則是個愛慕虛榮、任性又未經世事的女孩，只有她對小蠅不太友善。最依賴小蠅的是巨人亞力凡法隆，他個性非常溫和，頭腦卻不太靈光，所以總是被大家捉弄而尋求小蠅的保護。蜜思嘉太太閱歷豐富，總是站在小蠅的立場給她忠告或提醒，也會在後台聊八卦。「不過，如果要小蠅選出一個最喜歡的人偶，那應該是雷納多吧。」因為他雖然性格惡劣又狡猾，但自己知道這樣不好，努力改邪歸正，雖然沒什麼效果。尼可拉先生「在公正無私的同時也會親切地打圓場」，但小蠅覺得他有時候似乎會看穿自己心底深處的祕密，因此有點怕他。

小蠅相信這些人偶是獨立的存在，並且真誠地與他們往來，這點對她而言具有重要的意義，就像是她「逃避至今未曾完全克服的人生風暴的避難所」。但仔細一想，這些人偶全都由一名人類——庫克船長操縱。這個問題到底該如何解讀比較好呢？

04 操偶師

小蠅雖然也發現操縱人偶的就是庫克，但她試著努力無視這個想法。「我怎麼會相信那個男人能夠創造出這樣的故事呢？」她在白天見到的庫克，是個完全感受不到一丁點溫情的人。他所展現的個性，與人偶表現出的可愛與親切完全相反。

日常生活接觸的庫克，與存在於後台、看不見身影的庫克，在此產生了明確的分裂。七個人偶出現在連結這兩個庫克的軸上，小蠅雖然能夠透過與他們的交流在軸上來回移動，卻無法直接接觸碰那個隱藏起來的庫克。

巡演持續進行，某天夜裡，庫克突然入侵小蠅的房間。這個行為當然與他的性需求有關，但主要是因為「小蠅的乖巧、天真、心靈的純潔，帶給他難以忍受的折磨」，所以庫克只能靠著將她拖下自己所在之處，讓她成為自己的同類來平復心情」。

小蠅面對庫克的偷襲，既沒有反抗也沒有發出任何聲音。他在黑暗中出現，在黑暗中侵犯她，在黑暗中悄然離去。留下被傷害、被玷汙、覺得羞恥的她。

小蠅對於庫克不帶任何愛情而強行與自己發生肉體關係，感到難以忍受的悲傷與羞恥。但更讓她羞愧的是，「她本能地察覺，儘管庫克如此可怕、殘酷，自己依然有意委身於他，而此時、此事，讓自己永遠成為庫克的所有物。」

但人偶變得比以前更親切了。小蠅不知道從他們身上得到多少安慰（而操縱這些人偶的不是其他人，正是庫克船長！）。小蠅加入之後，表演總是大獲成功，劇團也變得更富裕，住得起便宜的旅館了。庫克船長省下了訂兩間房的花費，和小蠅住在同一個房間裡。小蠅就這樣在不知不覺間，無論白天黑夜都為庫克所擁有。

「就某種意義而言，庫克不斷地從小蠅身上盡情榨取所有他想要的事物，一丁點也沒有留下來。」他靠著小蠅賺錢，晚上則將她占為己有。然而這也讓他品嘗到深刻的矛盾。無論庫克如何羞辱她、如何拖著她一起墮落，人偶溫暖的心總會治癒小蠅的傷害，保住她的純真，而這份純真正是吸引觀眾、幫助劇團發展的關鍵。忍受不了這一切的庫克，有時會喝到幾乎浸泡在酒精裡，爛醉如泥地回到房間。這時小蠅會溫柔地照顧他，但這又成為他痛苦的根源。

他帶給小蠅的痛苦愈大，隔天早晨七個人偶就會對小蠅愈親切。庫克對於人偶的行為似乎也不打算插手。

這當中存在著自我毀滅與自我救贖的強烈矛盾，深入通往自我之路的人，必然無可避免這樣的體驗。

忍受不了內心矛盾的庫克，自毀程度變本加厲。他帶回街邊的女人，將小蠅趕出房間。小蠅茫然地在街上徘徊，最後晃蕩到哥羅的棲身之處——巡演用的車子裡。哥羅雖然溫柔地安慰啜泣的小蠅，卻又突然走出車外，令人驚訝的是，他把紅蘿蔔與雷納多帶回來了。兩個人偶雖不說話，但哥羅卻向小蠅說：「他們不管什麼時候都愛著妳。」抱著兩個人偶的小蠅在心靈獲得安慰的同時，心底也湧現對庫克的憎恨。哥羅說，不要恨別人比較好，如果心裡覺得恨，那就唱歌吧。說完之後就為小蠅唱了一首搖籃曲，小蠅抱著人偶，幸福地睡著了。

另一方面，庫克雖然從街上帶女人回來，卻依然無法消除內心的寂寞，不久之後就將女人趕出房間了。「庫克只清楚知道一件事，小蠅直率、溫柔、有著難以侵犯的氣節，不可能將她拉低到與現在被趕下床的那女人相同的層次，而這些都只會讓自己陷入無窮的焦躁。」

自此之後，庫克投宿旅館時，都會與小蠅住不同的房間，盡量避免與她接觸。在新的關係確立之前，有時也必須一度斷絕關係。而為了治癒庫克船長的嚴重分裂，除了人偶之外，還需要另外一個人類登場。

庫克船長劇團的表演愈來愈出名，最後甚至登上尼斯的綜藝劇院，成為表演秀的一部分。在秀場中演出的一名男性雜耍師巴洛特迷上了小蠅。「這個男人雖然秉性善良、單純，卻是個腦袋不太靈光的自戀狂，這是他有生以來第一次愛上自己以外的事物。」

巴洛特約小蠅跳舞。他說想請小蠅當自己的助手，兩人跳舞愉快到忘記時間的流逝，一直跳到清晨四點。巴洛特原本出身於歷史悠久的馬戲團家族，在與小蠅的相處當中，也會小心地避免失了對同業的禮數。他送小蠅回旅館時，也只是緊握她溫暖的手就與她道別。庫克知道了這件事之後大發雷霆，揚言再被他看到兩人在一起，就要打斷他們的骨頭。

隔天，杜克洛博士代表人偶們送了小蠅一瓶香水。她灑上了有生以來的第一瓶香水，出門與巴洛特約會。但一直等著小蠅出現的庫克船長，給了她一巴掌，接著就去找巴洛特單挑。巴洛特透過雜耍鍛鍊出來的身體，遠比庫克想像的還要強壯，庫克一下子就被打趴在地，眼冒金星站不起來。仔細想想，小蠅原本不知道有多希望看到這幅景象，但實際看在眼中時，卻「只覺得喉嚨刺痛，悲傷堵在胸口」。憎恨的對象失勢時，有時也會喚起深刻的悲傷。

即便如此，小蠅對巴洛特的心意依然愈來愈堅定，最後終於答應了巴洛特的求婚。他的誠意與溫柔打動了小蠅。與巴洛特在一起的愉快約會，正好成為與庫克在一起的惡夢的絕佳對比。「巴洛特英俊、親切又同情她，小蠅找不到任何不愛他的理由。」

05 通往自我的道路

小蠅提出要求，準備在月底契約結束時離開劇團，跟巴洛特結婚。庫克「嘲諷般的臉上浮現一種奇妙的表情」，聽完之後就默默離去。表演雖然會持續到契約期滿，但人偶們傳來的悲傷情緒卻壓得小蠅透不過氣。這一年來他們已經完全成為小蠅的一部分，即將與他們分開也讓小蠅悲傷不已。

這天終於到來。小蠅覺得與大家當面道別太痛苦，於是準備在清晨四點獨自一人悄悄整理行李離開。但這時人偶竟然已經全部起床開會。經過漫長的討論，得到的結果是既然小蠅不在，活下去也沒有意義，不如大家一起結束生命。紅蘿蔔提議「贊成結束生命的人請說『好』」，結果只有琪琪說「不」，其他所有的人偶都說「好」。

說「不」的琪琪，從小屋邊緣落下舞台，成為一具失去靈魂的空殼。小蠅再也忍不住了，衝到小屋前面跟所有人說話。仔細一想，雙方的關係與故事開頭完全相反。也就是現在變成人偶決定自殺，小蠅開口阻止他們。走上自我的道路時，最關鍵的瞬間經常都在這種有意義的逆轉關係中誕生。小蠅雖然想與情人在一起，與人偶道別卻很痛苦。她在與人偶談話時忍不住說，自己雖然打從心底愛著人偶們，「但只有那個人我恨得不得了」。然而接下來，她立刻說出了重大的告白。「我曾經喜歡過他。我從一見到那個人的時候就喜歡上他了。我喜歡他，所以也不能說所有的一切都討厭吧。那個人把我搶去，但還回來的只有悲傷與痛苦。……我的愛變成了恨。但我愈覺得那個人可恨，就愈愛你們。」紅蘿蔔對此提出了一個關鍵性的問題：「但我們是誰呢？」尼可拉先生接著進一步說明，男人這種生物如何化身成為各種事物，一個男人擁有他透過七個人偶展現出的每個屬性，而這每個屬性都愛著小蠅不是嗎？最後尼可拉說「如果沒有善，惡就無法活下去」，接著又說「我們大家如果失去你，不如死了更好」，但他說這句話的時候，腔調變得和尼可拉完全不同。小蠅一聽到這句話，立刻扯下人偶背後的布幕，抱住躲在那裡的操偶師米歇爾。

兩人「緊緊抱住對方，幾乎像是要把對方勒死一樣」，米歇爾內心的嚴重分裂也痊癒了。

我們在讀這個故事時，可以看成是描寫米歇爾這個對所有一切封閉內心的人物，試圖透過與各種人、物產生連結，將隱藏的自己找出來的過程。這種難以治癒的分裂，或許可說是所有現代人共通的問題吧！米歇爾創造出七個人偶，並且認為自己可以隨心所欲操縱他們。現代人的自我確實擁有很多手段，能夠支配許多事物。但米歇爾發現了人偶的自主性，藉著允許人偶行動，開啟了一條通向自我的道路。

七個人偶到了最後就像尼可拉先生為我們解釋的那樣，都是米歇爾這個人的屬性，雖然各自擁有一定的自主性，但在某種程度上也必須臣服於米歇爾的操縱。但如果要治癒米歇爾的分裂，只有這些人偶是不夠的，還必須存在對米歇爾而言具備最強的他者性的女孩小蠅。我們可以充分了解米歇爾對小蠅的強烈矛盾。小蠅對希望改變的他而言，是絕對必要的存在；但對厭惡改變的他而言，卻是甚至不能活在世上的存在。

米歐爾為了貶低她，首先與她發生肉體關係，這點也給了我們深刻的啟示。小蠅沒有拚命抗拒，並且在最後的告白，清楚說出自己允許這種事情發生的原因。只要比較他們的關係，以及巴洛特與小蠅的關係就會很清楚。巴洛特太侷限於心的關係，所以沒有想過靈魂的事情。處理靈魂的課題時，多半被迫面對殘酷的事情。而這些事情伴隨著絕望與死亡，實際上只要稍有差池，死亡或極端的破壞就會降臨。在小蠅在最汙穢的關係中受苦、米歐爾也陷入自我厭惡時，靈魂就在背後發揮作用，並且透過人偶的行為示現出來，引導他們獲得救贖。

米歐爾也必須被巴洛特徹底打垮。但最後與小蠅在一起的卻不是巴洛特。故事中登場的巴洛特與哥羅這兩個角色是人類而非人偶，是通往自我之路所必需的輔助者，我們也必須思考關於他們的存在。如果哥羅不存在，或許就不會發生關係的破裂吧。

我們也可以把這個故事，解讀成小蠅這位女性邁向自我之路的過程，從這樣的觀點來看應該也能得到不少啟示。但非常明顯，這個故事是透過葛立軻這個「男性的視角」進行描寫，小蠅終究只是從「男性視角」所見的女性。所以我認為，如果想從女性的觀點思考，或許尋找其他的作品比較好。

第五章

菲利帕．皮亞斯

《湯姆的午夜花園》

01 離家

菲利帕・皮亞斯（Philippa Pearce, 1920-2006，英國兒童文學家）的《湯姆的午夜花園》（*Tom's Midnight Garden*，高杉一郎譯，岩波少年文庫，以下引用自該書）[1]，可說是兒童文學作品傑作中的傑作。評論這部作品的人很多[2]，我也曾在其他地方簡單討論過這本書，再多寫些什麼可能會變成畫蛇添足。但這是一部探討奇幻作品時不能漏掉的名著，所以我還是將其選為討論對象。故事的場景從主角湯姆好不容易放假，卻必須離開家人生活，因此流下不甘心的眼淚開始。很多奇幻作品都從主角必須離開家人生活展開故事。譬如以少女為主角的奇幻作品傑作——愛麗森・鄂特麗（Alison Uttley, 1884-1976，英國兒童文學家）的《時空旅人》（*A Traveler in Time*）也是如此。主角是一位名叫潘妮洛普的少女，她因為生病必須到其他地方療養，只好離開家裡，借住到親戚家，並從此踏入奇幻的世界。對孩子來說，家人扮演著守護他們日常生活的角色。所以孩子在離開這些「守護者」時，經常會體驗到非日常的世界，但父母對孩子的這些體驗往往一無所知。

湯姆原本期待放假的時候可以和弟弟彼得一起玩耍，在後院蘋果樹的枝椏之間蓋一間樹屋，但彼得因為出痲疹必須隔離，父母只好安排湯姆到阿朗姨丈與官安阿姨家寄宿。湯姆對於不能和彼得一起玩相當不滿，而且「他知道姨丈住在沒有庭院的公寓」。在一個沒有庭院、沒有孩子的地方度過假期，有何樂趣可言呢？

阿朗姨丈家是由古老的大宅邸改造而成的公寓。雖然看起來既不寒酸也

1 譯註：本書有中文版，《湯姆的午夜花園》，張麗雪譯，台灣東方，二〇〇〇年。

2 原註：譬如上野瞭在《現代的兒童文學》（中央公論社，一九七二年）也提到湯姆一書，並特別指出本書存在著通往「奇異世界」的「通道」這個重要觀點。雖然這是討論這本作品時非常重要的一點，但我已經在拙作《小孩的宇宙》中提出來討論過，這回就將這點割愛。

不髒，但一走進公寓玄關，就覺得「這間房子的中心又空曠又寒冷，死氣沉沉的」。玄關有一座老爺鐘，那是公寓的房東——住在三樓的巴塞洛謬老太太的鐘。這座老爺鐘很特別，指針的時間完全正確，但鐘響報時的時間卻跟指針的時間不一樣。簡單來說，就是這座老爺鐘顯示的是兩種「時間」。

我們的日常生活離不開時鐘。約會時常會伴隨著「幾點」，這個「幾點」的依據，就是時鐘顯示的時間。應該沒有任何先進國家的人，會根據「日出的時候」、「最亮的那顆星星升起的時候」或是「牽牛花開的時候」來跟別人約定時間吧（至於這麼做到底是否「先進」另當別論）？「時間」還具有更不可思議的特性。世界上存在著一種「時間」，是只侷限於日常生活中的人所想像不到的，湯姆在「離家」的孤獨中，便體驗到了這點。

某天晚上湯姆輾轉難眠，於是他地離開房間到處晃，跑到食品儲藏室探險，最後被姨丈發現，被訓了一番。姨丈逼湯姆答應，躺上床之後就不能再跑出來。

愈是被迫做出的約定，人們就愈想要破壞。湯姆一心只想要獲得自由。

「湯姆這個想要獲得自由的憧憬從胸口滿溢出來，膨脹到整個房間，最後爆炸衝破牆壁，讓他彷彿獲得了真正的自由」。就像呼應湯姆內在驚人高漲的情緒，不可思議的事情發生了。樓下的老爺鐘，敲了十三下。

這件事情為湯姆帶來了變化，他的直覺知道這點……整個房間似乎屏住呼吸，彷彿在黑暗當中逼湯姆回應一個邀請——來吧，湯姆。老爺鐘都敲十三下了。你打算怎麼做呢？

湯姆相當猶豫，因為他已經答應姨丈不能下床。但是十三點這件事情給了湯姆勇氣。湯姆決定，不管怎樣還是下樓去看看老爺鐘的指針到底怎麼了吧！

02 花園

湯姆為了看清楚時鐘，打開後門好讓月光照進來。「湯姆看見屋外的風景時，一開始先是驚訝，接著從心底湧上憤慨，他直盯著那片風景捨不得移開目光。」那裡竟然有一座寬廣而美麗的花園。湯姆在驚訝的同時，也因為阿朗姨丈騙他說後面只有一些破銅爛鐵而感到氣憤。

不滿的情緒先擺一邊，花園對湯姆而言有種說不清的魅力。「湯姆彷彿就要被吸入那幅風景裡。眼前的風景是如此的清晰、迷人。他可以清楚看見佇立於前方的紫杉樹上又粗又短的針狀樹葉，也可以看見角落新月型花壇中綻放的風信子捲起來的花瓣。」

湯姆看到「花園」時的感動，或許可以和兒童文學經典名著——伯內特的《祕密花園》中，主角瑪麗小姐第一次踏進「祕密花園」時的感動互相比擬。瑪麗受到一座十年來沒有任何人進去過的「祕密花園」吸引，而這座花園成為逐漸療癒她心靈的契機。我在他處討論這部作品時，曾寫過「我們可以說所有少女的內心世界都擁有一座『祕密』花園」[3]，但這句話似乎還可以放大成「所有人的內心世界都擁有一座『祕密』花園」。直到死前都未曾察覺花園存在的人是不幸的，但像湯姆這樣，在花園中體驗身歷其境的人應該也很少。

「隔天早晨，湯姆醒來時覺得心裡充滿幸福感，但卻不知道為什麼。」其實這就是接觸到「花園」存在的效果。湯姆已經不再是因為離開家人而孤獨寂寞的少年了，「花園」取代家人，給予他支持。湯姆一開始很氣姨丈不把花園的存在告訴自己，但他實際調查之後發現一件驚人的事情，半夜的那個花園在太陽光下消失得無影無蹤。原來，十三點這個特別的「時刻」，是

3 譯註：河合隼雄，《小孩的宇宙：從經典童話解讀小孩的內心世界》，詹慕如譯，親子天下。

花園存在的前提。

湯姆將自己不可思議的體驗寫在信裡告訴彼得。有時祕密愈是重大，愈需要和別人分享，但卻又不能再流傳出去。湯姆在信上寫著「看完就燒掉」。從此之後，湯姆寫給彼得的信，都會寫著這句警語。他這麼做非常聰明，當祕密不再是祕密時，就會失去效力。

湯姆幾乎每天晚上都會等著在十三點時進入花園，那裡有時是春天，有時是夏天，時間也不照順序來。但這不妨礙湯姆在花園裡四處晃蕩、爬樹玩耍，後者是他最喜歡的遊戲。湯姆雖然不覺得庭園的季節變化有什麼奇怪，但某天晚上他看見落雷擊中一棵樅樹，這棵樹立刻起火倒下，然而隔天晚上，這棵樹彷彿什麼事都未曾發生一樣，跟前一天一模一樣地矗立在那裡。湯姆怎麼想都想不通，於是他問阿朗姨丈：「倒下的樹可能恢復原狀嗎？」姨丈答：「除非你讓時光倒流」，接著又補充：「但沒有人做得到」。雖然姨丈說不可能，但湯姆親眼看見這樣的事情，心裡充滿了問號。

我在這裡先透露答案，那就是：根據本書的設定，湯姆在「花園」中的所有體驗，都是巴塞洛謬老太太的夢中世界，湯姆進到了她的夢裡。巴塞洛謬老太太每天晚上都會夢到自己童年時的事情，當時這座大宅邸中有湯姆看到的花園，巴塞洛謬老太太（她的名字叫做海蒂）經常在那裡玩耍。巴塞洛謬老太太的昔日夢境不一定會照著時間順序進行，所以被雷劈到的樹木隔天又會恢復原狀。

當然實際上不會發生這種事情。但為什麼許多人儘管如此，還是會喜愛這部作品、被這部作品感動呢？因為這個故事描述了人類靈魂的真實。我們之後會知道巴塞洛謬老太太曾是孤兒，現在則與丈夫死別，成為獨居老人。在這樣的死氣沉沉的生活中，帶給她充滿生氣的體驗的，是她在夢中回到了兒時遊玩的美麗花園。另一方面，小男孩湯姆則不得不在難得的假期離開家人，獨自住到沒有花園的公寓。他想在自己家的院子和弟弟一起玩耍的欲望幾乎在胸口爆發。這兩個人的靈魂，在不可思議的「花園」相遇。兩個素昧平生的孤獨者，分享同一個空間，使兩人都有孤獨被治癒的感覺。

雖然每個人都擁有這種不可思議的「靈魂花園」，但要發現花園的存在、抵達那裡，卻很困難。房東巴塞洛謬老太太對其他人來說，似乎是個難以親近的人，誰都不知道她的內心世界有這麼一座美麗的「花園」，總是對她敬而遠之。如果有人能在湯姆來到這裡之前，就問巴塞洛謬老太太：「這座老爺鐘在這裡擺多久了？」或是端茶給老太太，問她說：「您從小就住在這裡了嗎？」或許能夠窺見老太太豐饒的「花園」也不一定。但是現代人儘管擁有在日常生活中奔波忙碌的「時間」，卻沒有理解靈魂的「空間」。

03 少女海蒂

湯姆在花園裡看見玩耍的孩子。經常在花園玩的孩子分別是修伯特、詹姆士與艾德加等三名男孩，還有一個年紀比他們小很多的女孩海蒂，只有海蒂看得見湯姆，其他男孩則看不見。湯姆發現海蒂可以看見自己，便向海蒂自我介紹，海蒂則自稱「海蒂公主——我是公主喔」。

湯姆一開始真的以為海蒂可能是公主。她的眼睛非常亮，舉止端莊大方，還有紅紅的雙頰與烏黑的頭髮，一副正氣凜然的樣子，彷彿流露出公主般的氣質——就像常在圖畫書中看到的公主一樣。

阿朗姨丈以為湯姆在夢遊，四處道歉才讓事情平息下來，但湯姆必須獨自一人去向巴塞洛謬老太太道歉。老太太對戰戰兢兢的湯姆意外地親切，她說：「你大概認不出來了吧？你叫了我的名字，我就是海蒂。」湯姆一開始搞不清楚發生了什麼事。老太太開始說明，但她的說話方式比內容更吸引湯姆的注意力。「她閃閃發光的黑眼珠，確實就是海蒂的眼睛。這時湯姆開始發現這位老太太的小動作、說話的語調、笑起來的表情，都能讓他聯想到花園裡的小女孩。」

湯姆完全理解老太太的話，也和老太太變成了好朋友，但是他必須回家了。湯姆與老太太約定下次帶彼得來玩的時候，「他發現，自己最後還是很想快點回家，家人一定會溫暖地迎接他」。確實是如此。湯姆會像從前一樣與家人一起愉快地生活吧！但是現在的湯姆應該會變得和從前的湯姆有點不一樣，因為他知道支持自己的除了家人之外，還有「花園」。

「不再有時日了」，《啟示錄》中的天使這麼說。靈魂世界的時間流動方式確實與日常生活完全不同，但「結束」的時刻總會到來。對湯姆而言，

「花園」的時間結束了，他回到家人居住的世界。但是在湯姆必要的「時刻」到來時，靈魂的世界也會再讓他意識到這點吧！

而「作夢」竟然也是如此重要的事情。巴塞洛謬老太太不是湯姆的親戚，周圍的人也不知為何對她敬而遠之。但老太太做的夢，卻療癒了這個男孩受傷的靈魂。這次的經驗想必能在湯姆今後所有的成長時刻，成為支持他的力量。

有些人看到老人家除了睡覺之外整天無所事事，會懷疑這些老人「有什麼用呢」。有時甚至連老人自己都這麼想。但巴塞洛謬老太太只是睡覺作夢，就給了湯姆真正的、難以取代的支持。阿朗姨丈與官安阿姨當然也盡力想要治癒湯姆的孤獨，但這個世界看得見的拚命努力，多半對靈魂不適用。

反過來看，湯姆的存在，也治癒了巴塞洛謬老太太難測的孤獨。這個世界上的大人忙到一刻也不得閒，但他們眼中沒有什麼用的老人與小孩，只是存在、作夢，就能進行大人做不到的重要工作，我們不能忘記這點。菲利帕·皮亞斯在〈作者的話〉的最後寫道：「老太太的心中有一個孩子。我們每個人的心中，都有一個孩子。」我想要在這句話後面再補充一句：「而孩子的心中有大人也有老人。」若非如此，巴塞洛謬老太太與湯姆或許無法如此理解彼此。靈魂國度的「時間」是循環的、整體的，應該從直線的流動中獲得自由。

第六章

瑪麗·諾頓
《借物少女艾莉緹》

01 小矮人

人類的奇幻世界中，有一群相當活躍的重要人物——小矮人。他們長得和人類一模一樣，只是體型非常小。人類對他們有各種不同的稱呼，態度或許也各不相同。總之這些「小矮人」跨越時代與文化的差異，持續在奇幻世界中活躍。如果調查傳說或民間故事，應該可以發現，幾乎全世界所有的文化中，都有小矮人的形象吧！

小矮人在兒童文學中也很受歡迎。可惜的是，日本的土壤難以孕育奇幻作品，因此優秀的奇幻作品非常少。乾富子的《樹蔭之家的小矮人》以及佐藤曉的《小矮人系列》（『小人シリーズ』），就是日本兒童文學中少數優秀的奇幻故事，而兩部作品中都出現小矮人應該不是偶然。讓「小矮人」一起居住在我們這個世界、並且珍惜這點，想必就能有絕佳的奇幻作品問世吧！

日常生活中有些東西，譬如橡皮擦或髮夾之類的，我們明明記得就擺在那裡，卻怎麼也找不到。問家人，也沒有人知道。這種東西該不會有人要偷吧？但這時候如果想成是被「小矮人」悄悄拿走了，似乎滿合理的。應該也有不少人這麼幻想：比方睡前原本有許多東西需要收拾，卻因為太麻煩不想收，心一橫倒頭就睡，結果早上醒來一看，東西全部收好了。若真如此，那該有多棒啊！倘若家裡住著「小矮人」，在半夜悄悄地幫我們完成這些事情，該有多好呢？

亦或是匆忙走在熟悉的街道上，被突如其來的小石子絆倒了。這時如果想成是喜歡惡作劇的「小矮人」在捉弄自己，似乎就可以理解。有時候甚至會想，躲在某處的小矮人看見自己跌倒的樣子，或許正在嗤嗤竊笑呢！

也有一些故事中的小矮人，比普通的人類更厲害。一寸法師的故事就是這類典型。只有一寸高的人類擊退了惡鬼，這類的故事無論在東西方的民間傳說中都很常見。譬如名叫拇指太郎的小矮人，經歷重重冒險的故事。孩子們之所以特別喜歡這些故事，也許是因為他們可以在大人的世界中把自己當成「小矮人」，所以當他們聽到和自己一樣的小小英雄大顯神通的故事，就會很開心。

小矮人的形象具有一種力量，能夠刺激我們產生各種幻想，因此我們可以創造出許多故事。我們也試著想像一下自己家裡或是自己身旁，就存在著小矮人吧！這樣一定可以讓生活豐富許多。一想到我們身邊存在著無法輕易用雙眼看見的事物，就能從不同的角度看待自己的生存方式。各位讀者要不要也試著想像一下，自己周遭存在著小矮人，會是什麼光景呢？

前面已經提過，關於小矮人的故事實在非常多，在此想要討論的作品是瑪麗·諾頓（Mary Norton, 1903-1992，英國兒童文學作家）的《借物少女艾莉緹》（*The Borrowers*，林容吉譯，岩波書店，以下引用自該書）[1]，作者在這部作品中，提出了一個出人意表的點子——「借物生活」。過著「借物生活」的小矮人，就住在我們平常生活的空間底下。這件事情其實能讓我們思考很多事情。現在就讓我們順著故事的發展往下思考吧！

02 借物生活

這個小矮人的故事，採取的是由「梅阿姨」說給小女孩「凱特」聽的結構。故事先從日常生活的場景開始，在這個場景中再以「框架故事」[2]的形式，描述奇幻世界的故事。這是經常使用的手法，因為讀者很難從日常生活的世界一腳跨進奇幻世界。而使用什麼樣「框架」雖然看似與故事無關，卻也非常重要。

關於故事的聽眾小女孩凱特，書中是這樣描述的：凱特家的起居室到了午後，「房間裡的東西彷彿充滿了淡淡的光，這時的房間散發出某種悲傷

1　譯註：本書有中文版，《借物少女艾莉緹》，楊佳蓉譯，台灣角川，二〇一〇年。

2　譯註：框架故事（frame stroy）是一種敘事技巧，從一個故事敘述裡牽引出另一個故事。

的氣氛，但凱特幼小的心靈卻喜歡這種悲傷感。」這段文字充分顯示出凱特擁有豐富的感受性。梅阿姨教凱特鉤毛線，而鉤毛線也是與「編織出奇幻世界」有關的工作。就在凱特抱怨找不到鉤針時，梅阿姨脫口而出：「這個家裡也有過著借物生活的人吧？」於是阿姨只好告訴凱特小矮人的故事。

梅阿姨說，她弟弟小時候因為風濕熱，一整個學期沒去上學，還搬到鄉下的姨婆家休養，他就是在那個時候看到小矮人的。或許是因為阿姨與弟弟在印度成長，弟弟更是有點特別。「也許因為我們在印度長大，聽慣了那些魔法與傳說——所以我覺得他或許可以看見別人看不見的東西」，雖然梅阿姨依然懷疑弟弟的話說不定是編出來的……但她還是開始描述小矮人的故事。

弟弟借住的姨婆家，除了因為受傷以致二十年來只能待在床上的蘇菲姨婆之外，還住著廚娘崔佛太太以及園丁克蘭富。而小矮人就住在這個家的地板底下。

住在那裡的小矮人是三口之家，成員包括父親波特、母親霍米莉，還有一個十四歲的女孩艾莉緹。這些小矮人過著「借物生活」。換句話說，他們生活中的必需品，全部都是從人類世界「借來的」。我讀到這裡，忍不住對瑪麗．諾頓的傑出發想頻頻點頭。自古以來，人們就覺得小矮人擁有某種人類不具備的魔力，或是握有大量黃金，總而言之就是有著某些人類忍不住羨慕的事物。但本書中的小矮人呢？這些小矮人沒有任何特殊天賦，也沒有任何財產，他們所擁有的一切，都是跟人類借來的。

值得注意的是，儘管小矮人生活中的一切物品都是借的，他們卻完全不自卑。艾莉緹見到人類的男孩子——梅阿姨的弟弟時，這樣對他說明借物生活：「人類就是為了借物者而存在的——就和麵包是為了奶油而存在一樣！」男孩子疑惑地問她，這不就是「偷竊」嗎？艾莉緹回答：「如果我們做的事情是偷竊，那不也可以說暖爐把煤桶裡的煤炭偷走嗎？」

或許有人會覺得艾莉緹的回答太自我中心了，若從人類的角度來思考確實是如此。但如果稍微換個角度想，人類吃雞蛋時到底是「偷」還是「借」，或者兩者皆非呢？這點也變得很難判斷。如果站在雞的角度思考，無疑就是偷竊吧？如果不想被稱為小偷，我們人類也只好承認自己過著「借物生活」。這麼一來，我們也不能說小矮人很自私了。

讓我們再回到小矮人的生活方式。父親波特雖然是很厲害的「借物者」，但他不知道這個家來了一個得風濕熱的男孩，因此疏於注意，就在他**準備借**小孩子扮家家酒用的咖啡杯——對小矮人來說剛剛好——時，他「被看到」了。對小矮人來說，「被看到」是非常嚴重的事情。因為他們不知道人類接下來會做出什麼事。人類或許會開始養貓，或許會想要對地板底下進行大掃除，這些對小矮人來說都是攸關生死的問題。人類不經意的行為，將威脅他們的生命。

波特與霍米莉決定，總之先將「被看到」的事情告訴女兒艾莉緹。因為艾莉緹一直在父母的保護下，生活在地板底下的安全世界，不知道「借東西」有多麼的困難與危險，所以他們認為必須藉此機會，讓艾莉緹知道現實的嚴峻。於是兩人把艾莉緹叫來，霍米莉沉重地說出開場白：「妳知道上面的世界嗎？」接著告訴她從前住在這個家的母雞卓利伯父，因為被人類「看到」而不得不搬家的事情。艾莉緹一聽到「搬家」臉上就綻放出光采，說：

「我可以到外面玩……可以去曬太陽……」結果被霍米莉訓斥，說這些都是不入流的興趣。這個世界沒有那麼天真。母雞卓利的新家在獾窩，他們在那裡應該過得相當窮困，因為住在獾窩不比住在人類的家，沒有那麼豐富的東西可以「借」。

但是艾莉緹堅持自己想要搬家，並且說出了令父母大吃一驚的話。艾莉緹說：「我不想再被關在這裡了。」地板底下的家，對波特與霍米莉而言，是最安全、最幸福的家庭，但女兒卻用「被關起來」形容。許多從前住在這裡的小矮人，都因為感受到生命威脅而逐漸「搬離」，現在住在這裡的只剩波特一家人，因此少女艾莉緹說自己「被關在這裡」也不是沒有道理。艾莉緹感慨：「沒有人陪我聊天，也沒有人陪我玩，每天看到的就只有走廊與灰塵。」霍米莉聽她這麼說，緩緩地嘆了口氣，沉重地說：「這孩子說的沒錯。」

03 安全與冒險

人都希望過得穩定、安全，卻又無法永遠安居一處。人會想要主動破壞難得的安全，體驗新事物，不過這麼做也伴隨著危險。在這兩種矛盾的傾向之間保持適當的平衡，才是有意義的生活方式。

再回到這個故事。霍米莉原本訓了堅持想去外面的艾莉緹一頓，後來卻承認她說的沒錯。這時艾莉緹說了一段非常有趣的話，我在此引用本文：

艾莉緹的眼睛睜得大大的，連忙說：「不，不是這樣——」她聽到母親說自己是對的時，嚇了一大跳。不，對的是爸媽，不是小孩子。她清楚知道小孩子什麼都能說，而且只是說著玩的。因為小孩子永遠都知道，不管自己說得多離譜都沒有關係。

這段親子對話非常精彩。冀望安全的父母與想要冒險的孩子，兩者的對立跨越時代與文化，成為一種隨處可見的現象。而且孩子有時候只是想說說看「錯的事情」。就像艾莉緹說的，孩子知道自己是錯的，他們只是說「好玩」的。但說出錯的事情為什麼好玩呢？因為儘管這些話是錯的，卻包含重要的**真實**。所以如果只注意後者，就如同霍米莉所說的「這孩子說的沒錯」。而霍米莉的這句話，也讓艾莉緹說出孩子心裡真正的想法。最後他們一家人從這次的認真討論中，得出了以下的結論。

雖然艾莉緹是女孩子，還是可以跟著父親去到「上面」的世界，學習借東西。因為霍米莉主張，如果艾莉緹不趁著現在學習，哪天他們有了萬一，艾莉緹該怎麼辦呢？當然，因為波特「被看見了」，所以暫時必須慎重行事。而波特雖然實際上不希望艾莉緹去到外面，但最後還是被霍米莉說服，點頭答應了。

我們清楚知道，像這種親子間的對立與對話只要踏錯一步，就會走上極為危險的方向。孩子可能會離家出走，或是反過來變得永遠依賴雙親。就這點而言，波特一家的對話清楚展現出我們必須學習的事情：孩子必須冒險。但艾莉緹的冒險不是一件那麼簡單的事情。

那次對話之後，經過三個星期的慎重「等待」，波特終於帶著艾莉緹出門去借東西。因為廚房的刷子磨損了，他們必須去借材料。他們打算從腳踏墊上借一點可以做刷子的纖維。艾莉緹的心臟撲通撲通地跳，她第一次跟著波特穿過「走廊」，來到「第一道柵門」前。波特熟練地操作鎖住第一道柵門的安全別針，將柵門開啟，進入大時鐘底下的牆洞。再過去就是「外面」的世界。艾莉緹根據波特指示，移動時盡量快速，停步時找東西隱藏自己，最後來到腳踏墊所在之處，幫忙波特拔纖維。

當波特去借其他東西的時候，艾莉緹就獨自一人盡情享受自由的滋味。「陽光、草葉、溫暖流動的空氣」，這些東西都能挑起她充滿喜悅的情緒。沉浸在快樂中的她忘記保持警戒，沒有察覺「男孩子」來到自己身旁。艾莉緹突然發現，有一隻很大很大的「眼睛」在一旁俯瞰著她。

「對我們來說，最糟糕、最可怕的事情，就是『被看到』」，艾莉緹害怕得發抖。男孩子與艾莉緹互相警戒，甚至還想拿棍子打她。但幸運的是他們兩人畢竟都是孩子，最後還是化干戈為玉帛，彼此聊了起來。艾莉緹向男孩子說明前面已經介紹過的「借物生活」，男孩子說「這就是偷竊啊」，惹得艾莉緹發笑。

艾莉緹針對「借物生活」做了詳細的解釋，男孩子則說自己得了風濕熱，只好離開父母來到這裡。男孩子還想盡辦法告訴艾莉緹，這個世界上住了多少人類，但這對艾莉緹而言卻難以置信。她的懷疑讓男孩子愈來愈激動，最後竟然說小矮人將會漸漸死光，甚至還脫口而出：「總有一天，妳會成為世界上唯一的借物者！」男孩子發現自己觸碰到了艾莉緹的憤怒與悲傷，他為了取悅艾莉緹，答應幫她送信到獾窩給住在那裡的母雞卓利伯父。艾莉緹跟男孩子說，自己寫好信之後會藏在腳踏墊下，到時候再請他拿去母雞卓利伯父住的地方。男孩子看到艾莉緹的心情終於好轉，便回到屋子裡去拿書來請她讀，但波特卻在這時叫艾莉緹回家。

霍米莉看到兩人平安回來非常開心。她準備好茶點，一家三口愉快地聊天。原本應該是這樣的，艾莉緹的反應卻有點心不在焉。這也是理所當然，她的第一場冒險實在太刺激了。她不只「被看到」，還和「上面」的人說話，而且對方甚至答應幫她送信。完全沒有交集的兩個世界，因為孩子出乎意料的行為而連結起來。但這會帶來什麼樣的後果呢？

04 兩個世界

艾莉緹立刻寫信給母雞卓利伯父。信的內容很簡單，不外乎問候伯父是否安好，並且描述自己開始學習借東西。但是她必須等待四天後波特再次出去借東西時，才有機會將信藏到腳踏墊底下。好不容易達成目的回到家裡的艾莉緹，從母親的話中得知，「上面」世界的崔佛太太生氣地向園丁克蘭富抱怨，男孩子連續三天都在翻腳踏墊惡作劇。男孩子努力想要遵守約定。但他三天都找不到信，第四天還會再去找嗎？

當天晚上，艾莉緹拚命想要偷聽「上面」世界的對話。她從對話中得知，男孩子似乎去到獾窩那裡，不知道做了什麼。後來她走進起居室，發現父親去了「上面」。只能臥床的蘇菲姨婆，每天晚上都會喝上等的馬德拉白酒，醉到一定程度就會產生看見小矮人的幻覺，而蘇菲姨婆很期待與幻覺中的小矮人說話。其實這個小矮人就是波特，他會在時機剛好的時候現身，享受與蘇菲姨婆對話的樂趣，但姨婆一直以為這是自己喝醉酒的關係。這天父親也愉快地去到上面的世界，艾莉緹知道這件事之後突然靈機一動，自己也可以去到上面了，她於是溜進男孩子的寢室。

男孩子雖然嚇了一跳，但他還是告訴艾莉緹自己把信拿去獾窩，而且下次再去的時候，那裡擺著回信。艾莉緹得知母雞卓利伯父過得不錯。就在兩人想要繼續聊下去的時候，波特出現了。他用「冷靜得可怕」的聲音說「回家吧」，父女倆於是回到了「下面」的世界。

波特與霍米莉都因為自己的存在被人類發現而嚇壞了。艾莉緹將事情全盤托出，接著她說自己為了避免借物小矮人滅絕，必須做些什麼。「你們懂吧？我想要拯救我們的族人！」艾莉緹大喊。但父親的回答卻很冰冷。他說艾莉緹雖然聲稱自己這麼做是為了拯救族人，但她做出不顧傳統的驚人之舉，才是讓借物者一族滅絕的原因吧？最重要的是，艾莉緹把所有的一切都跟男孩子說了，甚至還讓他知道自己住的地方。「或許曾有借物者『被看到』；或許也曾有借物者被抓走。但從來沒有借物者嘗試讓人類知道自己過著什麼樣的借物生活，甚至還讓人類知道自己的住處。」父母的恐懼與悲傷愈來愈強烈，霍米莉甚至還放聲大哭：「妳這個壞孩子，竟然讓我們這麼頭痛煩惱！」

即便如此，艾莉緹依然沒有退縮。她努力說服父母：「我不覺得每個人類都這麼壞——」波特從頭到尾都很冷靜，他訓斥艾莉緹：「我的意思是，從來沒有人敢去測試人類到底是不是真的會幫助我們。」親子的意見沒有交集，他們什麼事也不能做，總而言之這天晚上就先睡下了。

父母與孩子，保守與創新，這樣的對立經常發生。我們無法輕易判斷何者才是正確的。但只要走錯一步，雙方都會一起滅亡，誰對誰錯已經不重要了。

當天晚上，大家安靜沉睡時突然發生了一件不得了的事情。波特與霍米莉的寢室天花板，被人整個拿起來了。霍米莉高聲尖叫，波特拍了拍她的背，大喊「別再叫了」，霍米莉才安靜下來。艾莉緹也嚇得跑過來，和他們一起抬頭看。頭頂出現了一張男孩子的臉。男孩子轉開螺絲，將地板——

也就是小矮人的天花板——掀起來。霍米莉好不容易板起臉來，命令男孩子「把屋頂放回去！」，但他做了一件小矮人意想不到的事情。他把人偶用的上等餐具櫃放進小矮人家裡，接著又拿來了一張很棒的人偶用椅子。最後男孩子將地板恢復原狀，並且聽從波特的請求，**輕輕**地把釘子敲進去，讓地板看起來就像什麼事也沒發生。

「於是，大家展開了一種奇妙的生活模式。這是他們做夢也想不到的借物生活——完全就是個黃金時代。每天晚上，天花板都會被掀開，接著寶物就會出現。」男孩子幾乎每天晚上都會將地毯、煤桶、床鋪、火爐等物品，接二連三放進波特家。當他帶來平台鋼琴時，霍米莉甚至希望蓋一間客廳。這真的是黃金時代。艾莉緹則讀書給男孩子聽，做為這些財產的回禮（男孩子在印度成長，所以閱讀能力不是很好）。

艾莉緹的勇氣，為小矮人帶來意想不到的幸福，男孩子看到這幅景象也很滿足。但任何事情都有限度。如果男孩子只帶來老舊娃娃屋裡的小東西就算了，但霍米莉想要能夠打造「客廳」的裝飾品，男孩子於是從「上面」的擺飾櫃拿來了高價的銀製小東西。

裝飾櫃中的東西一點一點地減少，而第一個發現的人是崔佛太太。她為了目睹犯人，把鬧鐘設在半夜，悄悄地起床。儘管男孩子立刻逃跑，但地板下透出的方形光線還是讓她起了疑心，她掀起那塊地板，小矮人就在那裡。崔佛太太發出尖叫，三個小矮人迅速躲藏起來。

崔佛太太大叫「是巢穴」，並且把腳伸進地板底下攪動，結果從裡面翻出各種東西，讓她大吃一驚。許多「被偷走」的東西都出現了。她相當憤慨，認為這件事必須報警。崔佛太太一回到寢室，男孩子就現身救出三個小矮人。就在男孩子請他們先藏身某處，隔天再幫助他們搬家的時候，崔佛太太又過來了。男孩子說明事情原委，但崔佛太太完全無視於他想要幫助「借物小矮人」的心情，將他押進學習室，並鎖上門。男孩鑽進床鋪，哭得痛徹心扉。

05 並存的困難

好不容易獲得的黃金時代，一下子就結束了。事已至此，小孩子也無能為力。崔佛太太找來將老鼠燻出屋子的人，甚至借了貓。她似乎把趕走小矮人當成在趕老鼠。男孩子也突然必須離開這裡，回到父母身邊。但靠著他的機敏，小矮人總算得以逃離，踏上搬家的旅途。這個故事到此結束。

我在讀這個故事時深切思考一件事，那就是兩個世界並存的困難性。借物生活也很辛苦。但就在不受成規束縛的孩子，好不容易即將靠著自己的力量，找出雙贏的可能性時，這個可能性實際上卻將他們導向了最壞的結果。我們甚至可以說，男孩子的善意就是造成這個結果的原因。

《借物少女艾莉緹》還有續集，分別是《離鄉背井的艾莉緹》（*The Borrowers Afield*）[3]、《流離失所的艾莉緹》（*The Borrowers Afloat*）[4]、

《遨翔天際的艾莉緹》（*The Borrowers Aloft*）[5]，驚人的是，作者在第四集發表之後，經過了長達二十一年的時間，在一九八二年又發表了《艾莉緹的復仇》（*The Borrowers Avenged*）[6]。這是她七十九歲時的作品。

這次很可惜無法提及這些作品，但每一部都描寫了小矮人生動的冒險，是名副其實的傑作。建議各位讀者務必一讀。順帶一提，第五集的最後出現了一句耐人尋味的話。小矮人經歷了各式各樣的冒險之後，終於獲得安全，就在他們得以鬆一口氣時，其中一名小矮人問道：「我們真的安全了嗎？永遠安全了嗎？」故事就在沒有答案之中結束。

這句話應該能有各種不同的解釋。首先，如同我在前文「安全與冒險」

---

3 譯註：本書有中文版，《離鄉背井的艾莉緹》，楊佳蓉譯，台灣角川，二〇一〇年。

4 譯註：本書有中文版，《流離失所的艾莉緹》，楊佳蓉譯，台灣角川，二〇一一年。

5 譯註：本書有中文版，《遨翔天際的艾莉緹》，林小綠譯，台灣角川，二〇一一年。

6 譯註：本書有中文版，《艾莉緹的復仇》，林小綠譯，台灣角川，二〇一二年。

一節中提到的，人類無法永遠停留在安全的狀態。所以可想而知，即便在稍微安全的狀態下，也不能完全鬆懈。但我順著這整部作品讀下來，再試著揣摩作者無論如何都必須在二十一年後撰寫這部作品的心情，不禁覺得作者應該想要透過本書，拋出一個問題：「現在的人類世界存在著真正的安全嗎？」的確，任何人都或多或少感受到現代人的危機意識。但作者為什麼描述的不是人類的事情，而是小矮人的不安呢？

如同一開始所說的，這些小矮人沒有任何魔力，而這點打動了我的心。過去擁有奇妙能力的小矮人，為什麼會變得如此無力呢？我大膽推測，這或許是因為與從前相比，現在的人類擁有了太多力量。人類可以在空中飛翔，也可以從土裡挖出大量黃金，甚至還可以在自己睡覺的時候讓機器工作。換句話說，小矮人的所有魔力，都被人類吸收了。所以小矮人在無奈之下，只好透過悄悄借用人類丟棄的破銅爛鐵，或擺到忘記的東西，來維持生活。

從前擁有人類遙不可及的奇妙力量，現在卻遭人類的科學之力放逐、遺忘。這樣的東西不就是人類的靈魂嗎？人類看不見靈魂，但儘管看不見，靈魂對人類而言卻極為重要。而小矮人呢？小矮人在或不在對人類其實沒有什麼影響，人類甚至覺得他們有點麻煩。但應該沒有人讀了諾頓的作品之後，希望小矮人絕跡吧？想必每個人都想幫助小矮人存活下去。雖然小矮人沒有任何作用，但我們不禁覺得失去他們是重大的損失。如果將以上這段話想成是對靈魂的描述，也完全適用。

蘇菲姨婆只有在喝酒的時候才能看見小矮人，而且她相信這是幻覺。這點也相當耐人尋味。或許現代人只有在喝到酩酊大醉時，才能在幻覺中看到靈魂。不，孩子是例外。但應該也不是所有的孩子。罹患疾病、遠離父母生活，或許都是男孩子能夠看見小矮人的前提。他知道小矮人的存在，並且想要幫助他們。他盡自己所能——甚至超越界限——想要為小矮人奉獻。但這麼做可能是錯的。他也許在不知不覺間，讓自己站到了比靈魂更優越的位置。

日常世界與靈魂世界的並存方式相當微妙。在過去，連接兩者的橋樑也許是恐懼的情緒。對於缺乏恐懼的現代人來說，確實生活中有時會發生明明存在的事物卻不知道丟哪去的費解現象，有的人可能還滿粗線條地容許借物生活的存在，但我們無法透過這樣的橋樑去到另外一邊，頂多只能讓小矮人們比較容易從那邊過來。如同男孩子的例子所示，太過熱心幫助他們似乎也不好。難以掌握這種微妙平衡的人，像蘇菲姨婆那樣喝上等馬德拉白酒，或許也是一種手段，但是如此上等的葡萄酒很難適度飲用，最後可能還是得依靠崔佛太太。我們這些凡人能做的，大概只有在東西不見時，不要生氣，也不要拚命地四處尋找，而是只要愉快地想像小矮人們會如何使用這個東西，就行了吧？

第七章

瑪格麗特．梅罕

《魔法師的接班人》

01 日常與非日常

我讀了瑪格麗特·梅罕（Margaret Mahy, 1936-2012，紐西蘭童書作家，曾獲國際安徒生大獎）的《魔法師的接班人》（*The haunting*，青木由紀子譯，岩波書店，以下引用自該書）[1]以及《變身》（*The Changeover*）[2]這兩部作品。兩部都是名作，細膩地描寫出生長在現代的少年、少女的煩惱，本書討論的則是前者。

本書主角是一位名叫巴奈比（大家都叫他巴尼）的八歲男孩。開頭是這麼寫的：「那是一個極為尋常的星期五，巴尼的世界沒有任何預兆地開始傾斜，他覺得不管自己朝著哪個方向，腳下的地面都不斷地往下滑。於是他知道，自己又被幽靈纏上了。」或許有人會說現代怎麼可能有幽靈，但幽靈與魔法師在這本書中扮演了重要的角色。而《變身》一書雖然如同書名所示[3]，描述的是魔女的故事，但也是現代的魔女。梅罕的特色就是，她能夠在作品中，讓這種非日常、超自然的事情，在「極為尋常的日子，沒有任何預兆」就發生，而且讀者不覺得有什麼不自然。她的繪本作品《羅伯特的奇妙朋友》（*The Boy Who Was Followed Home*，HOLP出版）也是從「有一個名叫羅伯特的尋常小男孩，從學校放學回家」開始。羅伯特轉頭突然看見身後跟著一頭河馬，而且隔天河馬變成四頭。河馬的數量一天隨著一天增加，最後甚至變成四十三頭。這完全是一件離譜的事情。而且梅罕刻意強調羅伯特是「尋常的孩子」，似乎沒有什麼特別之處。

非日常的超自然現象，會突然侵入現代的日常世界中，這到底是為什麼呢？魔女與幽靈在過去確實相當活躍。但無論魔女也好，幽靈也好，都不會

1 譯註：本書有中文版，《魔法師的接班人》，蔡宜容譯，台灣東方，二〇〇一年。

2 譯註：本書有中文版，《變身》，蔡宜容譯，台灣東方，二〇〇三年。

3 譯註：日本版的書名為「甦醒的魔女」。

家的孩子」，寇爾聽了之後則對他說：「像我們這樣的人無法擁有家人，日後你就會知道了。」

蓋伊舅公告訴塔碧莎，寇爾在自己這些兄弟當中有多麼與眾不同。他們的母親——巴尼的外曾祖母——把孩子「當成種在庭園裡的玫瑰般加以修剪，所以我們每個人的人生都成為一條沒有曲折變化的直線」，只有寇爾例外。寇爾是魔法師，他挑戰母親，拒絕當母親期望的**普通**孩子。他不和家人一起吃飯，不去上學，與母親對抗。但他最後離家出走，大家都以為他自殺了。

即便是主張現代沒有魔法師的人，也應該會同意世界上存在著拒絕被母親「修剪」、與母親奮戰到底的孩子，或是「不去上學，也不與家人一起吃飯的孩子」。我也很熟悉後者這樣的孩子。有時候甚至覺得，如果把他們想成是「魔法師」，所有現象便都更容易理解。如果「魔法師」這個表達方式不好，或許我們可以換個方式說，那就是這些孩子擁有常人難以理解的個性，或是他們的個性威脅到母親。如果這麼想，我們似乎就可以說每個家庭裡，都有一、兩位「魔法師」吧！

父親在這種時候扮演什麼樣的角色呢？寇爾與母親對抗時，父親去世了。至於在巴尼家，巴尼雖然擔驚受怕，但他也覺得把這件事情告訴父親沒什麼意義。雖然父親在克萊兒來到家裡之後，狀況變得稍微好一點，但在這之前，父親都忙於工作，不太搭理孩子。如果跟這樣的父親討論「魔法師」，不是被說教一頓，就是被當成是在說蠢話。對父親而言，光是「工作」，也就是日常的世界，就已經夠忙了。總而言之魔法師與家人無緣，所以寇爾才會說「像我們這樣的人無法擁有家人」。但真的是如此嗎？

04 少女的內心世界

巴尼最難忍受的是，他可以聽見寇爾愈來愈接近的「腳步聲」。而且聲音愈來愈大，最後竟然連塔碧莎都聽見了。兩人最後尋求姊姊楚伊的幫助。巴尼與塔碧莎兩人的房間都「亂七八糟」，楚伊卻很愛乾淨，房間收拾得整整齊齊。楚伊不只平心靜氣地聽兩人說話，還聲稱自己完全聽不見巴尼和塔碧莎都聽到的腳步聲。當晚克萊兒雖然做了特別美味的晚餐，大家卻都只是沉默地吃著。克萊兒忍不住哭了起來，父親則一頭霧水，以為發生了什麼糟糕的事。結果沒想到是平常沉默的楚伊開口解釋，她說巴尼擔心克萊兒會不會在生產的時候死掉，但雙親卻完全都沒有發現，因為父親不知道直到他再婚前，母親的去世讓巴尼過得多艱難。這段話對父親而言彷彿當頭棒喝，他宣布「今天晚上巴尼要和我一起洗碗」，並且趁著洗碗時和巴尼聊聊。

父親這時候才跟巴尼聊起母親的死，還向他保證克萊兒很健康，不會有問題的。這時候巴尼才願意說出祕密，他說魔法師寇爾舅公就要來把自己帶走了。父親雖然驚訝，但他也大聲說：「你是這個家的孩子，我們是一家人，我不會讓魔法師舅公——不管是否真的存在——把你帶走的！」這正是巴尼想聽的話。巴尼害怕小寶寶誕生之後，自己會因為房間不夠而被送給別人當養子。

孩子有著父母所不知道的深層恐懼與不安。但他們很少跟父母討論，因此不安與恐懼有時也會擴大到無可挽回的地步。魔法師寇爾舅公的出現，雖然讓巴尼陷入不安當中，但反過來也促使父子談心，幫助巴尼減輕他的不安。這是魔法師無法以一般方式理解的部分。

再回到故事，寇爾舅公隔天趁著克萊兒外出購物的時候，出現在三個孩子面前。他說巴尼是魔法師的同伴，想要把巴尼帶走，但巴尼卻拒絕他。購物回來的克萊兒也幫巴尼助威，大叫：「我才不相信什麼魔法師呢！」但寇爾竟然當著眾人面前施展魔法，讓大家無論相不相信都只好接受。這時父親也趕回來了，因為「有人在我耳邊說巴尼有危險」。

史加勒外公外婆也在這個時候帶著外曾祖母趕來。寇爾與外曾祖母展開激烈的對決，兩人的對決之猛烈，簡直像是要把對方消滅一樣。就在較量達到頂點，雙方幾乎都無計可施時，楚伊出乎意料地一招便化解了雙方的魔法。

其實楚伊才是魔法師！只是她至今一直隱藏身分。她說：「我從很久以前就知道自己是魔法師了，我也從很久以前就知道必須隱藏身分。」但是現在已經瞞不住了。而且她還揭穿了外曾祖母也是魔法師的祕密。外曾祖母年輕時曾因為誤用魔法而對魔法心生恐懼，自此之後不僅放棄魔法，甚至憎恨身為魔法師的孩子寇爾，想要把他「改邪歸正」。外曾祖母屏除自己內在的特別之處，重整自己，並且強迫孩子接受自己的價值觀，就如同蓋伊舅公說的，她要求孩子順著自己的「修剪」成長。

我讀了楚伊的話之後，開始覺得這部作品的主角不是「巴尼」，而是楚伊。的確，巴尼直到本書的最後都扮演中心角色。但我卻覺得這本書的本質與其說是探討八歲男孩的內心世界，還不如說與十三歲少女的內心世界關係更密切。

根據楚伊的說明，巴尼擁有高超的「同理能力」，所以寇爾舅公才能輕易纏上巴尼的心，以為巴尼就是魔法師。既然如此，巴尼經歷了相當的恐懼與不安，最後終於脫離等等，其實都是他透過高超的「同理能力」，體驗了十三歲少女內心世界發生的事情。

我經常指出，描繪少女內心世界其實是相當困難的一件事。描述這方面的文學作品極為稀少，只能透過少女漫畫的世界展現，這是我的感覺。但這本書——至於《變身》的對象則是稍微年長一點的女性——出色地描寫了青春期少女的內心世界。這個故事無論如何都必須提到「魔法」，因為如果將「魔法」抽離，少女的內心世界就無法描寫。仔細想想，這個世界上沒有什麼「魔法」能比從女孩變成少女更神奇。無論自己想不想要、想不想知道，這樣的「魔法」都會在少女的內心世界發生。

巴尼一家人，再加上**多出來**的家族史加勒一家人上演的全武行，其實反映了楚伊這名少女的內心劇場。所以楚伊知道這所有一切的意義。

巴尼的父親覺得自己聽到的事情太過不可思議，讓他有點暈頭轉向。但楚伊卻說自己很清醒，她問父親：「要不要證明給你看呢？」克萊兒反對，因為做了這樣的事情之後，「楚伊就再也不是從前那個楚伊了」，但楚伊卻回答：「無論如何我都不會是從前那個楚伊了，就隨我去吧！」接著在眾人面前施展了魔法。

所有的少女都被賦予必須宣布「我不再是從前那個我」的「時刻」，只不過並非每個人都像楚伊那樣戲劇化，有時候這個「時刻」就連本人也沒有發現。而這樣的經驗，有時候也會伴隨著難以忍受的悲傷，或是難以抑制的喜悅。

05 再度回歸日常與非日常

楚伊所說的話與她所展現的魔法，帶給兩家人強烈的衝擊。外曾祖母也強硬地拋下一句自己再也不想看到楚伊後，就打道回府了。史加勒一家離開之後——但寇爾舅公還留著——全家瀰漫著一股說不出的「尷尬」，第一個打破僵局的是最具備常識的父親。

「喝杯茶吧？」他說。「或者威士忌也不錯！所有的一切還能像從前一樣順著常理地運作嗎？肚子也餓了。今晚就讓我來弄點吃的吧？寇爾舅舅，你要不要跟我們一起吃水煮蛋呢？」

具備常識的人不容小覷，雖然他的話聽起來支離破碎，但該說的全部都說了。「喝杯茶吧？」這句話最適合用來打破尷尬的沉默。但他或許覺得喝茶太日常了，於是又試著建議喝「威士忌」。接著他表明自己——恐怕對全家人而言也是如此——最擔憂的事情，那就是知道魔法的存在之後，事情還能合乎常理地運作嗎？這件事情雖然最為重要，但還是必須解決當下「肚子餓」的問題，但他認為目前恐怕誰也動不了，所以身為一家之主的自己，自告奮勇擔起準備食物的工作。最後還有一點最重要的是，他向寇爾傳達了「你沒有被討厭，我們一家都會接納你」的訊息。

父親的這段話或許讓所有人都放鬆下來。儘管目睹了魔法這種荒誕的事情，但最終全家人都同意必須遵循「肚子餓了就吃飯」這樣的規則生活。克萊兒也立刻反應過來，她說料理就由她來做吧！

恐怕只有寇爾難以從打擊當中恢復。他以為只有自己是魔法師，而且他堅信史加勒一家只有男孩能夠繼承魔法師的血統，所以認為繼承人是巴尼，沒想到母親竟然也是魔法師！而且繼承人不是巴尼，而是楚伊這個女孩。這樣的狀況到底該怎麼解釋呢？父親看著茫然的寇爾，又說了一段很有道理的話。

父親說：「讓他安靜一下吧！」接著又說，對寇爾而言「這也許是個機會，讓他學習魔法以外的事情——不只要學著當一名魔法師，更要學著當個人。我自己也必須學習——也就是學著如何當個更完整的人。我很幸運，有很多人可以幫助我。」

對魔法師而言，「當個人」相當辛苦。但他們無論如何都必須學習這點。但即便不是魔法師，人也不能不做任何努力。父親說「有很多人可以幫助我」，而幫助他的人，不就是克萊兒、楚伊、塔碧莎、巴尼這些家人嗎？首先他必須認知到「自己的**親人**當中有魔法師」。「親人」的日文寫作漢字「身內」，因此也具有自己這個存在的內部之意。如果他缺乏這樣的認知，就完全無法理解孩子們的痛苦。再稍微極端一點的話，甚至可能將巴尼逼瘋，並且把他送進精神病院。精神病院中的病人，或許也可說是無法取得**普通**人的理解與幫助，只好隔絕在日常世界之外的「魔法師」吧？

過了一個禮拜之後，眾人大致穩定下來了。寇爾在附近尋找住處，因為他想獲得楚伊的幫助。根據塔碧莎的說法，是「多學著怎麼當個舅公，別總是當個魔法師」，巴尼的說法則是「學習如何在當個魔法師的同時，也當個舅公」。然而楚伊也覺得悲傷。因為她雖然對父親侃侃而談，但也覺得向父親坦承自己是魔法師之後，父親有點害怕自己。話雖如此，楚伊也無法放棄魔法師的身分了，因為她身上的魔法「想要展現自己」。她在克萊兒與巴尼面前，讓圍繞著太陽運行的行星出現在自己眼前盯著的空間，讓這些行星隨著自己「轉快一點」或「轉慢一點」的命令移動。

克萊兒冷淡地說「這是危險的遊戲」。楚伊則辯解「這就像塔碧莎想要寫小說一樣」，但克萊兒的態度依然冷淡，讓楚伊哭了出來：「如果我像以前一樣隱藏自己就好了。」

與家人一起生活——真正一起生活，並不容易。就像楚伊一直以來隱藏自己的魔法一樣，每個人都為了保持家庭的和平而壓抑自己的本性。或者像史加勒一家一樣，母親透過拒絕活出自我來保持和平，但這樣的和平卻建立在寇爾的犧牲之上，這不是真正的和平。

但克萊兒說，當大家把自己想說的話都說出來之後，「我們變得更像一家人了」。為了讓家人獲得真正良好的感情，每個人或許都必須對存在於自己「身內」的魔法師有所自覺，並且一一克服日常生活的難關。

第八章

勒瑰恩[1]

《地海巫師》

「地海系列」是一部令我印象深刻的作品，會這麼說是因為這部作品開啟了我談論兒童文學的契機。由於這部作品實在太出色，我在一九七八年的岩波市民講座中以「『地海系列』與自我實現」為主題進行討論（當時的內容收錄在拙作《隱藏在人類深層的事物》（暫譯）中）。得知這場講座的今江先生、上野先生給了我精闢的指引，非常受用，此後我就跨入了兒童文學的世界。

雖然我曾以講座的形式討論過這部作品，但當時只是簡單地將三集作品[2]一併討論，因此總希望有一天能夠嘗試一集一集仔細解說。這次就藉著撰寫本書的機會實現這個願望。

---

1 譯註：勒瑰恩（Ursula K. Le Guin, 1929-），美國重要奇幻科幻、女性主義文學作家。

2 譯註：本書撰寫的時候地海系列還只有三部曲，第四集一九九〇年才出版，所以作者在此書中一直將地海系列當成三部曲來解說。

01 法術

地海三部曲全部都是巫師的故事。在這個科學發達的時代，或許很多人認為法術的故事都是虛構，然而一旦開始閱讀地海系列，就會感受到其引人入勝的故事所具備的說服力，因此我們必須說這位作者擁有非凡的表現能力與架構能力。既然如此，這個故事中的「法術」，對我們現代人而言有什麼意義呢？關於這點，只要往下閱讀就會愈來愈清楚，首先就讓我們話說從頭吧！就讓我們來看看《地海巫師》（*A Wizard of Earthsea*，清水真砂子譯，岩波書店，以下引用自該書）[3]的故事。

3　譯註：本書有中文版，《地海巫師》，蔡美玲譯，繆思，二〇〇二年。

這個故事發生在名為「地海」的多海島世界中。翻開本書的封面，首先映入眼簾的是地海世界的地圖。這讓我回想起兒時閱讀《金銀島》（*Treasure Island*）[4]等世界名著時，故事中的地圖曾讓我的心情多麼雀躍。如果我在小時候讀到這部作品，說不定會把地海世界的所有島嶼名稱全部記住。我們可以靠著地圖展開「旅行」，而這場「旅行」將成為一場內心世界之旅。

故事的主角雀鷹是銅匠之子，母親在他未滿一歲時就去世了。他「如乏人照顧的野草般長大，是個動作敏捷、個子高大、聲音嘹亮、傲慢且急性子的少年」。許多英雄或具創造性的人物都有年幼失恃的經驗。

失去母親對孩子的發展而言雖然是重大打擊，但在成長過程中努力克服這點，或許可以開發出常人所欠缺的能力。雀鷹是「傲慢的」孩子。具創造性的人，少年時代也經常具備傲慢的特質，這絕非一般人樂見的狀態。在擁有他人所欠缺的獨特能力的人身上，時常可以看到這樣的缺點，他們多半會因為這樣的缺點而失敗，但也可藉著克服缺點的過程將能力磨練得更純熟。只因一次失敗就被擊垮的傲慢，終究不是什麼不得了的事物，沒有什麼了不起。

雀鷹看到姨母施展法術，立刻就能有樣學樣地模仿。這個能力發揮了意想不到的作用。雀鷹在卡耳格帝國的士兵侵略自己的村莊時，立下將士兵趕跑的大功。但是筋疲力盡的他完全陷入不吃不睡的恍惚狀態。當所有人都對此束手無策，不知道該怎麼救治他時，出現了一位「雖然不年輕，卻也沒有那麼老，身披長斗篷但不戴帽子，手上輕鬆握著一根與他身高相等的實心橡木杖」的人物，他將雀鷹治好了。這個人就是大法師「緘默者歐吉安」。

歐吉安想收雀鷹為徒，幫助他成為巫師，因為「他身為巫師，卻將這股力量封鎖在黑暗中，實在太危險了」。歐吉安為十三歲的少年雀鷹舉行成年禮，授予他「格得」這個**真名**。很快的，格得就前往歐吉安之處學習當一名巫師了。

4 譯註：本書有中文版，《金銀島》作者為蘇格蘭作家R．L．史蒂文森（Robert Louis Balfour Stevenson, 1850-1894），林玫瑩譯，立村文化，二〇一〇年。

話說回來，從故事一開始就出現的「法術」，該如何理解才好呢？格得能夠利用咒語聚集山羊，讓霧氣憑空出現。法術能讓日常生活中不可能的事物化為可能。當然，能夠讓乍看之下不可能的事物化為可能的，還有人類的科學技術。但法術和科學不同，不能夠用邏輯說明。

然而在說這些荒誕不經的故事之前如果仔細想想，能夠化不可能為可能的還有「夢」。人在夢中能夠翱翔天際、變身幻化、起死回生。換句話說，法術與夢境有類似之處。夢境是人類內心世界的劇場，而人類為了活下去，既需要外界也需要內心世界。這麼一想，就會開始覺得原本以為荒誕無稽的法術故事，其實與人類的內心世界有關，而格得的法術故事，也是他的內在逐漸成熟的故事。

02 均衡

歐吉安帶著格得出發，回到自己的家。格得在這段期間愈來愈搞不清楚偉大的巫師哪裡偉大，而法術又是什麼。因為歐吉安什麼法術都不用，愈是偉大的巫師就愈不使用法術。但格得還太年輕，無法了解這麼做的意義。

某天，格得遇到一位女孩，她是領主的女兒。格得告訴女孩他利用法術打敗卡耳格士兵的事，並且用「召喚術」召喚鷹隼給女孩看。女孩問格得：「你能夠召喚出死人的魂魄嗎？」不服輸的格得回答：「當然能。」女孩接著又挑戰他：「你可以變換外形嗎？」格得雖然回答「可以」，但其實他辦不到。結果女孩對他說：「你該不會是在害怕吧？」格得被這麼說很不甘心，於是趁歐吉安外出時，偷偷將《民俗書》抽出來讀。

就在格得讀得入迷的時候，天色完全暗了下來，他突然感到恐懼。「他轉頭一看，緊閉的房門旁，有個東西蹲在那裡。那是一團比黑暗更黑，沒有固定形體的濃稠黑影。那團黑影似乎將手伸向他，不知道對他低語些什麼，但那是格得聽不懂的語言。」

就在千鈞一髮之際，歐吉安回家，拯救了格得。歐吉安說：「你忘記了嗎？領主之妃，也就是那個女孩的母親，是個女蠱巫。」女孩或許就是引誘格得召喚出可怕黑影的陷阱。歐吉安接著說，「有光的地方就會有影，力量總是伴隨著危險」，而且「法術不是用來娛樂或博得讚賞的能力」。格得必須仔細思考自己的法術會帶來什麼後果。

格得被訓了一頓，忍不住抗辯：「你什麼都沒有教，我怎麼會知道？你到底要給我看什麼？」毆吉安則回答他：「你剛剛不是看到了嗎？」

這段問答很有趣。師父無法傳授最重要的事物，弟子只能靠著自己的體驗學習。歐吉安接著說：「你不需要永遠待在我這裡，也不需要服膺於我。因為不是你來找我，是我主動去找你的。」師徒之間的關係相當不可思議，愈是深入，愈容易產生各種逆轉。有時候是師父向弟子學習。歐吉安自己相當清楚這點，他不可能永遠將這個稀世奇才的弟子綁在自己身邊。

格得依著歐吉安的建議，前往柔克島的巫師學院。格得在柔克島的學院表現非常優秀，逐漸嶄露頭角。但學院的師父在傳授各種法術的同時，也強調必須慎重使用。舉例來說，「手師父」在傳授了各種炫目的法術之後說：「宇宙是均衡的，也就是所有作用都會互相抵消，巫師的變換術或召喚術，將會動搖宇宙均衡，這是危險而可怕的事情。我們首先必須充分理解所有知識，必須等待必要的時機。因為點亮光的同時，也將創造黑暗。」

此外，召喚師父也說：「柔克島的雨可能導致甌司可島的乾旱；若為東海岸帶來平穩的天氣，或許會招致西海岸遭風雨破壞。」

對於這樣的「均衡論」，格得心裡是這樣想的：「每個人都像歐吉安一樣，講沒幾句話就是均衡、黑暗、危險什麼的。哼，我總有一天要從這些騙小孩似的炫目法術畢業，學會真正的變身術與召喚術。到時候我就可以隨心所欲，讓宇宙的均衡也順著我的心意改變。即便是黑暗，我也可以用自己點亮的光驅趕回去。」

格得就像所有才華洋溢的年輕人一樣，對師父們產生強烈的抗拒。他在理解「均衡」的意義之前，還必須經歷相當的體驗。仔細想想，「均衡」就是貫通《地海系列》三部曲最重要的主題。但作者先讓主角格得在此發表反對「均衡」的意見，這點相當耐人尋味。

如同後面將會提到的，格得因為試圖召喚出死者而陷入嚴重的危機，但他在召喚時卻充滿自信，心想：「天地萬物均為我所有，服膺於我的指揮及命令，我現在就立足於世界中心。」

自己能夠「指揮、命令」一切的態度，徹底迥異於珍惜宇宙「均衡」的態度。當然這時可以透過承認世界上存在著指揮、命令所有一切的唯一真神，防止人類變得傲慢。宇宙的「均衡」也一樣，這樣的均衡雖然能夠**自然**達成，然而人類一旦以為自己能夠知曉、控制**所有**的一切，傲慢又會出現。科學也好、均衡也好，傲慢都是禁忌，但「欠缺傲慢的年輕人成不了大事」這個反論也是事實。格得雖然擁有反抗長老的傲慢，但這份傲慢日後會產生什麼樣的轉變呢？

03 影子

「影子」是本書最重要的主題。前面已經出現過「沒有固定形體的黑影」，在接下來的故事中，「與影子戰鬥」也將成為最重要的部分。陰影，到底是什麼呢？

勒瑰恩曾說她經常讀榮格的書（參考《牧神》一九七七年十月號）。因此這個故事中的「影子」，很明顯地與榮格的想法密切相關。我在其他著作中也詳細討論過「陰影」（拙作《如影隨形：影子現象學》，講談社學術文庫）5，在此只想稍微說明一下與本文有關的部分。

5 譯註：本書有中文版，《如影隨形：影子現象學》，羅珮甄譯，揚智文化，二〇〇〇年。

榮格說明：「**所謂的陰影，是指主體雖否認自己內在的某些部分，但這些部分仍時常直接或間接出現於主體身上——譬如性格中的劣勢功能，或其他難以兼容的傾向——陰影就是這所有事物人格化後的產物。**」依循這樣的想法，故事中登場的賈似珀這個人物，完全符合格得的「陰影」的形象。格得剛到學院時見到的人就是賈似珀，他是黑弗諾島領主優哥的兒子，出身與格得完全不同。他彬彬有禮地對待粗野的格得——但就格得看來有禮得過頭——個性愛出風頭、競爭心強烈，格得無論如何都無法放下對賈似珀的敵意。對格得而言，應該沒有比賈似珀更傲慢的人了。

但格得自己不也是愛出風頭、競爭心強烈又傲慢嗎？如果有人指出這點，格得應該會立刻反駁「賈似珀才是……」。因此賈似珀正是最符合榮格所說的「陰影」的人物。任何人都有「陰影」，或許環顧自己四周就會發現其存在。

當格得因為一點小事與賈似珀起爭執時，好友費蕖拚命制止：「學院禁止我們使用法術決鬥。」但格得依然接受賈似珀的挑戰，準備召喚出死靈。

接著就如同前面提過的，格得當時覺得自己「立足於世界中心」，發動了召喚術。

結果大地裂開，「突然爬出了一團噁心的黑影」，這團黑影跳向格得，用利爪撕開他的身體。不久之後最高位階的大法師倪摩爾到來，於是黑影消失，光與暗回歸均衡。師父們則將格得抬到醫護室躺下，盡全力照看他。大法師倪摩爾也為了驅趕格得召喚出來的黑影力竭而亡。

學院選出耿瑟接替倪摩爾的位置，成為下一任的大法師。格得則在長期療養之後，終於能夠步行去見耿瑟。他指出格得使用了凌駕於自己能力之上的法術破壞均衡，「而且動機是傲慢與憎恨心」。接著又說，格得召喚出的是「無名之物」，並且告訴格得：「你與那個東西已經密不可分了，因為那是你自身的無知與傲慢所投下的陰影。影子有名字嗎？」格得深感羞愧。但耿瑟的鼓勵也讓他決意繼續修行，補償自己犯下的過錯。

這裡出現的「影子」與榮格所說的「陰影」，有什麼關聯呢？賈似珀又與這個影子有什麼關係呢？

榮格將陰影分成個人的陰影與普遍的陰影，自我批判力能一定程度看穿前者，但卻很難看穿後者。他所謂的「看穿」不單指知識上的理解，還包括透過體驗了解這是自己的一部分。舉例來說，「殺人」的念頭就是一種普遍的陰影，但幾乎不可能透過**體驗**將「殺人」理解為自己的一部分。即便是實際殺過人的人，也可能是在**不由自主**的情況下做出這件事，很難將其當成自己真正的「體驗」。

榮格是經驗論者，我們難以從他的話語中抽出「概念」。據說榮格的學生為了將陰影的概念具體化，曾引用他的話進行討論，結果榮格大發雷霆：「你們說的這些全是廢話！陰影就是潛意識的整體。」

我很喜歡這個小故事。「體驗」比什麼都重要，榮格之所以會發怒，或許是因為學生的態度吧？學生的討論流於知識障，不再試圖徹底理解「體驗」。之後將會介紹，格得在故事的最後與「影子」對抗時，影子的形象看起來既像父親、又像賈似珀，也像格得直到那時為止遇見的所有人。換句話說，陰影甚至可稱得上是「潛意識的整體」的無限存在。但為了理解陰影，我們會見到明確顯現出其部分身影的事物。前面雖然說賈似珀就是影子，但嚴格來說，他顯現的是影子的一部分。然而就某種意義而言，他也是影子的整體。換句話說，由「部分」聚集在一起構成「整體」這種思維，在影子的世界並不適用。

如果將賈似珀想成影子，與他對抗，這時必須將他當成影子的整體，盡全力對決，但即便打敗賈似珀，也不代表**解決**了「影子」的問題。影子會變換形象、改變次元，再度出現。

再回到故事，就在格得聽了耿瑟的話，決意繼續修行後不久，好友費蕖來訪。他現在已經成為正式的巫師，準備返回故鄉。他鼓勵格得，最後甚至告訴格得自己的真名「艾司特洛」。格得對此相當感激，也把自己的真名「格得」告訴他。告知真名等同於交付自己的生命。「這證明了只有真正的朋友才能獲得的堅定信賴，費蕖將這份信賴當成禮物，送給了喪失自信的格得。」

04 龍

格得後來經過重重修行，成為正式的巫師。但在此之前，必須先說明前面提到的「真名」。巫師透過學習記住事物與動物的「真名」，並且藉此支配它們。因此將自己的真名告訴別人，代表的是非比尋常的信賴。歐吉安、賈似珀、費蕖全部都只是偽名，譬如大家也都通稱格得為雀鷹。

那麼「真名」到底是什麼呢？舉例來說，任何人都有過莫名煩躁的經驗。如果不知道煩躁的原因，就很難紓解這樣的情緒。假設仔細回想之後，發現煩躁感是從午休與同事閒聊時開始的，再回憶當時的對話，終於發覺原因就是同事說起自己有個朋友因為炒股而大撈一筆。自己明明認定金錢在人生當中不是那麼重要的……在覺得不可思議的同時，也回想起自己的父親把「這個世界的一切都是錢」當成口頭禪，而自己對此有著強烈的反彈。

這時於是發現，儘管父親已經去世多年，自己依然被他的話綁住；或者自己雖然說什麼金錢**不重要**的大話，但其實還是很在意。煩躁的情緒在這樣的思考中逐漸收束，最後終於能夠專注於工作。換句話說，自己透過思考掌握「煩躁」情緒的「真名」，所以才能「支配」自己的情緒。

我們其實也不確定那到底是不是「真名」，但即便只是掌握接近真名的事物，也能發揮相當的效果。我們有時會做出一些日後回想起來連自己也不明究理的事情，但如果知道自己的「真名」，就能控制自己吧？這麼一想，巫師的規則也變得好懂多了。

格得成為正式的巫師後，一座名為「下托寧島」的小島邀請他前往，他將去那裡為島民服務。巫師應該有其他條件更好的「赴任」地點可供選擇，但格得自從那次事件以來，「對沽名釣譽的行為甚至感到厭惡」。

格得在下托寧島與一位名為沛維瑞的親切船匠成為朋友。後來沛維瑞的兒子病了，格得原本打算用法術幫助他，但後來想起了藥草師父的重要教誨：「傷可癒、病可治，但絕對不可阻礙必須邁向黃泉之國的靈魂。」原本試圖救治孩子的他縮手了。即便是巫師，也有明確做不到的事情，他必須謹守這個分寸。

但格得看到沛維瑞的妻子哀傷的樣子，無論如何都想為這對夫妻放手一搏，於是便抱住孩子。格得太過深入死人的國度，在他清醒過來想要回頭時，已經難以返回。他突然看見「影子」就在生的世界。格得在這個瞬間被迫做出抉擇，是要就這樣走入黃泉之國，還是回到魔物般的「影子」所在的生的世界。後來格得還是拚命回到了「生」這一邊。

沛維瑞的孩子死了，格得看起來也像死了。但一直跟在格得身邊的可愛動物甌塔克，輕輕地舔了他的臉頰，讓他甦醒過來。動物的本能與智慧，與法術有類似的地方。

格得雖然恢復了，但他的「影子」一直伺機攻擊他。而且就在這個時候，蟠多龍在下托寧島附近的島嶼現身，甚至造成災害。據說這隻龍產下了八個孩子，九隻龍在附近大鬧。格得認為影子比龍更具威脅性，於是下定決心先將龍驅離。

格得利用咒語將龍子打敗，但要驅離老龍沒有那麼容易。龍試圖用花言巧語迷惑格得，他對格得說：「我可以把你所懼怕的『影子』的真名告訴你。」但格得不為所惑，他根據對龍的歷史研究所推導出的結論，猜測這隻龍的真名是「耶瓦德」，並且試著用真名叫喚他，結果真的猜中了，格得藉此將龍鎮住。

格得要耶瓦德以自己的名字起誓「再也不去群島區」。於是，格得就這樣成功將龍驅離。但在此必須注意，他沒有將龍消滅。在許多的西方故事中，英雄經常都會將龍**消滅**。

龍所具備的深層意義，在《地海系列》的第三集將會更明確。在此我們可以說，人類有的時候必須將龍驅離，或者必須將部分的龍驅離（就像格得所做的事情一樣），但不應該將所有的龍消滅，或者也不可能消滅。因為這麼做對人類有害。而第三集也會出現有益的龍。換句話說，龍是無法以一般方式理解的存在。

龍對人類而言，是必須取得「均衡」，卻又非常棘手的對象。許多西方故事都會將龍消滅，這或許顯示，比起均衡，他們更重視「統治、命令」的價值。

06 Realization

這裡的標題之所以使用大家不太熟悉的英文字，是因為我一直找不到合適的日語翻譯。realize這個英文字有「實現」的意思，也有「理解、領悟」的意思。我們在前面依循榮格的想法，對「陰影」進行說明，而榮格也主張「實現或領悟（realize）陰影，是人類的責任與義務」。換句話說，如果想要真正「理解」陰影，必須「實踐」某些行動，不能光用腦子理解。話雖如此，卻也不是像前面所說的——不實際將人殺死就無法理解「殺人」——那麼單純。本書描述的，正是格得實現、領悟（realize）自己的陰影的故事。

故事將繼續下去，如果在閱讀時將發生的每一件事情，都想成是格得「對陰影的實現與領悟」，就會更清楚其意義。格得驅逐龍之後，打算搭船回到巫師學院所在的柔克島，但強風讓船無法前進。因為柔克島是巫師之島，而巫師們為了避免危險人物靠近，用法術使附近颳起強風。格得察覺因為「影子」在自己身邊糾纏，所以強風才會阻礙自己。他現在已經成為不被母校接受的巫師了。

格得在旅途中遇見一名陌生男子，這名男子告訴格得，如果想要對抗影子，必須取得一把特別的劍，而這把劍就在甌司可島的鐵若能宮中。格得雖然不確定這段話的真偽，但他決定聽男子的話繼續旅行。這段期間格得成為槳帆船的槳手，與其他奴隸一起划槳。這一件件苦差事，對他而言都是實現與理解陰影的過程。

船上認識的男子史基渥帶著格得往鐵若能宮前進，但這時史基渥突然變身成為怪物，而且這個怪物用真名「格得」呼喚他，使他無法施展法術。拚命逃跑的格得，巧妙地躲藏在鐵若能宮當中。

就在格得稍微鬆懈下來時，發現鐵若能宮的妃子就是他小時候遇見的女孩，也就是那名女蠱巫。格得發現她想將自己的力量用在其邪惡的意圖上，於是變身成為鷹隼，拚命努力逃到歐吉安所在的地方。

當人被陰影糾纏，此時出現的女性也經常背負著陰影。雖然她們對於為陰影而煩惱的人而言，看起來就像是救贖，但有時卻會將這些人導向更可怕的毀滅之路。人在與異性建立關係之前，對於陰影的問題必須擁有相當程度的自覺。

化身成為鷹隼的格得來到歐吉安之處，但他已經無法靠著自己的力量恢復原狀。這也是變身術的可怕之處，最後格得好不容易靠著歐吉安的法術變回原形。變身超過一定時間，就再也無法回復原本的樣貌。我們在日常生活中也會體驗到這樣的事情。譬如有時我們會為了達成某個目的，願意暫時做一些不得已的事，但經常做著做著就無法抽身。也許不少人都會一邊說著「**其實**我根本不應該做這個」，卻一邊繼續做下去。我們面對變身時，實在必須慎重。

格得在歐吉安之處得到撫慰，而歐吉安則告訴他，無論怎麼逃都不會有安全的地方，除了「轉身面對」之外別無他法。歐吉安說：「這回必須輪到你去追擊那個追捕你的事物；換你去狩獵那個獵捕你的獵人。」

格得為了追擊影子，展開一場漫無目的的旅行。雖說是「追擊」，他卻無法明確知道該往哪裡去。但實現、領悟影子的旅程，不就是這麼一回事嗎？重要的是正面迎擊的基本態度。誰也不知道何時、何地會遇見那個傢伙。「儘管如此，格得自己也很清楚這趟航程說不出地怪。他雖然是獵者，卻完全不知道該獵捕什麼，也不知道該去地海的何處才能找到他的獵物。」

格得在旅途中遇見費藻，原來他抵達了費藻成長的島嶼。費藻介紹妹妹雅柔給他認識。雅柔是一個心地善良、溫柔有禮的女性。當格得振作起來與影子對決——而非光是逃跑——女性形象也會從負面轉變為正面。

費藻說「巫師的相遇不是偶然」，主動陪伴格得繼續危險的旅程。於是不可思議的事情發生了，格得發現自己的「影子」改變樣貌，化身為他的樣子在附近遊蕩。格得對這件事是這麼想的：「自己的心理準備將賦予對手形體。」換句話說，當格得與影子對決的態度愈明確，影子的形體也會變得愈清晰。

格得在漫長而痛苦的航程最後，與「影子」相遇。它最初看起來就像父親的面貌，接著又看起來像賈似珀、沛維瑞、史基渥。如同先前所述，「影子」也是這所有的一切。兩者面對面站立，下一瞬間，格得與「影子」喊出相同的名字。

「格得！」

這兩個聲音合而為一。

格得放下巫杖，伸出雙手，緊緊抱住朝自己延伸的黑色分身，也就是自己的影子。光明與黑暗彼此交會、融合，最後化為一體。

兩者之間沒有勝負。格得「把自己的名字給予自己的死影，藉此使自己完整。所有的一切合而為一。理解自己真正樣貌的人，除了自己之外，不可能被其他的力量利用或支配。」這就是格得實現、領悟（realize）影子的過程。

第九章

勒瑰恩[1]

《地海古墓》

01 中年期的課題

我認為，地海三部曲姑且可分別當成是描述Ⅰ青年期、Ⅱ中年期、Ⅲ老年期課題的作品。之所以事先聲明**姑且**，是因為名著通常有許多解讀方式，而生涯課題其實也因人而異，甚至可能在不同時期重複，因此無法如此斷言，但總而言之在此先就一般狀況來考量。

格得在第一集《地海巫師》中大顯身手，在第二集中，他取得了「龍主」的稱號。換句話說，格得在從青年期進入壯年期的這段期間，確立了他大法師的地位。人在這種社會地位與名譽某種程度上逐漸穩固的時候，就會遇到中年的課題。人到中年，解決課題的過程不像從前那麼簡單，無論是自己或旁人都很容易評斷。有時可能會遭遇致命的失敗，或者也可能一下子就失去至今為止所獲得的地位。

中年的課題很難化為言語表達，因為對本人而言不可或缺的事物，從他人的角度看或許極為無趣，甚至感覺多餘。但因為無法簡單化為言語，所以我認為奇幻故事是最適合用來表達中年課題的工具。而勒瑰恩也透過奇幻故事出色地描寫了這個主題。

這個故事的主角可以是格得，也可以是恬娜。因為恬娜必須獲得格得的幫助才能解決她的課題，而格得也需要恬娜。我們可以將其當成存在於外界的男、女的故事來思考，也可以當成存在於男（女）人心中的女（男）人的故事來思考。兩者之間的理解與信賴，是解決課題的關鍵因素。男性將其看成中年課題的故事時，必須將恬娜的故事當成「自己的故事」來讀，而女性也非得對格得的故事「感同身受」才行。

男女不可能完全理解對方，但必須盡自己最大的努力。由於這樣的過程

1 譯註：本書中文版為《地海古墓》（*The Tombs of Atuan*），蔡美玲譯，繆思，二〇〇二年。

太痛苦，所以也不難理解恬娜為什麼會對格得感到憎恨，甚至懷著殺意。這個過程痛苦到讓人不禁懷疑，即便不做這些荒謬的事情，依照原本的方式不也能夠順利過下去嗎？

02 無名者

書中首先登場的是少女恬娜。如果她沒有深陷命運之中，應該會被當成**尋常的**鄉下女孩養大吧！但她卻被選中，成為「永生轉世的女祭司」，將人生奉獻給自古以來祭祀「無名者」的寶座神殿。

峨團陵墓是卡耳格帝國中歷史最悠久的神聖土地，由女祭司祭祀，若其中唯一且絕對的第一女祭司去世，其他女祭司就必須尋訪當夜出生的女嬰，觀察她的成長狀況。等女孩長到五歲，就能確定她是轉世的女祭司，將她接回神殿。待她接受一年的教育後，就在神殿中舉行儀式，使女孩正式成為「永生轉世的女祭司」。

這個繁複的儀式中最重要的部分，就是由戴著白色面具的男子揮舞長達一公尺半的大刀，假裝要將女孩斬首，接著說：「請接納此女童之生命與畢生歲月，因其生命與生年均為累世無名者所有。請考察批准。請讓她被食盡！」女祭司們也唱和：「她被食盡！她被食盡！」換句話說，這個儀式代表女孩恬娜在這時死亡，成為侍奉「無名者」的「被食者」。從此之後，大家都稱呼她為「阿兒哈」，也就是「被食者」的意思。

「女孩日漸成長，曾幾何時失去了對母親的記憶。她現在已經成為這座陵墓的人了。」然而她有時還是會「回想起被人抱在胸前的記憶」，這時候她就會去找男性管護者馬南，要馬南告訴她自己被帶到這裡的原委。峨團陵墓的大人幾乎都是身穿黑衣的女祭司，讓人不禁認為她們是否喪失感情，只有馬南以人類的溫暖對待她，幫助她繼續保有人類的氣息。

峨團陵墓分成寶座殿、神王廟、雙神廟三個部分，阿兒哈（恬娜）是寶座殿的第一女祭司。神王廟祭祀的是卡耳格帝國的神王，那裡的高等女祭司名叫柯琇。寶座殿後方是被石牆包圍的陵墓，那裡有幾根高達五、六公尺的黑色柱石。這些柱石是峨團的墓碑，「據說柱石在人類之初、地海創生之際，就已經存在」，而且「只要是男性，即便地位崇高也不允許踏入聖地深處」。

某天，少女阿兒哈與同年齡的見習女祭司潘姒坐在石牆上，聊著「好想看海」之類的話題。但她們被女祭司發現了。「柯琇是體型肥胖、面無表情、動作緩慢的女祭司，她這次逮到兩個少女時，也一樣不動聲色，就連眉毛都沒動一下」，潘姒遭受鞭打的懲罰。

但阿兒哈卻什麼懲罰也沒有，只被告誡「您是阿兒哈，已經全部被食盡，什麼都沒有留下」。她就是「無」。她湧起一股難以忍受的情緒，馬南於是抱著她說「好了好了，乖孩子，乖孩子」。只有馬南將她當人類對待。

阿兒哈十四歲時正式繼位成為第一女祭司。十五歲時柯琇帶領她進入地底迷宮。地底下範圍廣袤、錯綜複雜的迷宮，才是她的「世界」。柯琇也一起爬進寶座殿正下方、距離入口不遠的墓穴。但除了阿兒哈之外，誰也不能進入更深處的大迷宮。阿兒哈將自古以來口耳相傳的迷宮構造全部背了下來，但一開始還是需要柯琇的帶領才能進入墓穴。那裡禁止點燈，完全只能用手摸索著前進。

卡耳格帝國的神王送來的罪人，在瀕死狀態下被鎖進地牢中。第一女祭司阿兒哈將他們視為奉獻給「無名者」的祭品，不給他們食物與飲水，讓他們虛弱而死，並命人將其屍體埋在墓穴裡。

阿兒哈因為第一次探訪迷宮的疲憊，有段期間身體不適。她在這段期間做了好幾次夢，她夢見自己煮了好吃的粥餵給那些罪人，或是試圖給他們飲水，但在做到之前就醒了。身為阿兒哈的她，認為獻祭給無名者是理所當然；但心底身為少女的部分，卻覺得殺人難以忍受。

後來阿兒哈時常帶著馬南去探索大迷宮2。他們離開墓室，在大迷宮中行走時會點燈，這麼一來她就會覺得迷宮像自己的家一樣。相信第一女祭司擁有永恆生命的柯琇及其他女祭司們認為之所以會如此，「是因為您在死前就已經看過這裡了」，阿兒哈聽到時總覺得說不出的古怪。

這樣的故事到底該如何理解才好呢？恬娜這名少女被「無名者」食盡是怎麼一回事呢？名字是一個人固有的性質，被食盡代表這個固有的性質消失。這麼說的話，現代不也經常發生這樣的事情嗎？個人的存在變得稀薄，每個人都被學生、職員或是課長、教授等稱呼「食盡」。大家捨棄或被迫捨棄難得的個性，變得**與眾人相同**。這不就是經常發生的事情嗎？

若是女性，其身為個體的存在，也會被「主婦」或「母親」等普遍的稱謂食盡。但或許也有女性突破這樣的思考，意識到自己內在擁有能夠吸納所有事物，讓一切回歸於無的黑暗力量，就如同地底大迷宮的形象所象徵的。

後面也將提到，大迷宮中隱藏著寶物。但迷宮深處儘管藏有寶物，卻也藏著甚至會奪取人命的可怕力量。如果想將存在於女性深處的神祕力量帶到這個世界上，需要與男性一起合作。但不是馬南這樣的男性，這位男性必須來自完全不同的世界。格得於是登場。

2 譯註：根據原著小說，馬南似乎是宦人，所以男人不能踏入的聖地，但馬南卻進去了。

03 地底之光

柯琇是神王廟的高等女祭司。但她本身「內心對無名者或眾神沒有任何崇敬之情」。這件事情雖然驚人，卻也很常見。愈接近宗教與其組織的中心，就愈能看見他們玩的是什麼把戲。那她為什麼會繼續擔任女祭司的工作呢？「對她來說最重要的是權力，而權力目前掌握在卡耳格帝國的神王手上」。換句話說，權力於她而言是這個世界最重要的事物，眾神什麼的並不存在。她「如果做得到的話，會停止對無主寶座的崇拜，甚至毅然決然廢除第一女祭司」。

被「無名者」食盡的阿兒哈，她的生活方式與柯琇成為對比。如果說對權力的迷戀是柯琇活下去的動力，那麼讓阿兒哈活著的動力就是遵循自己的欲望。但如果急於達成目的，則會忽視「無名者」的存在。為了好好地磨練自己的個性，必須對「無名者」的存在有所自覺，決定該如何與之共處。若像阿兒哈那樣被食盡，就會變得沒有個性；但若像柯琇那樣，與其說是有個性，還不如說是自我中心（egoism）。

阿兒哈帶著馬南探索迷宮內部，根據口耳相傳的路徑，確認彩繪室與大寶藏室等處的存在。

某天，阿兒哈前往墓室時，在原本應該全然黑暗的洞穴中看見微光。「這是怎麼一回事？受黑暗支配，一道光也射不進來的墓室深處，竟然能夠看到這樣的微光！」阿兒哈相當驚訝，出現在她眼前的是「透過轉生繼承了百世生命的阿兒哈，有生以來第一次見到的景象」。太古的黑暗遭到驅離，墓室內的樣貌揭曉，「彷彿就是一座鑽石宮殿，一棟紫水晶與澄水晶之屋」。

那裡站著一個男人（格得），高舉一根發光的巫杖。禁忌被打破了。男人侵入，帶來了光。他來這裡做什麼？他來這裡偷什麼？

偷竊。他擾亂黑暗的世界是為了偷竊嗎？阿兒哈的腦袋裡，慢慢浮現出兩個字，褻瀆。出現在眼前的是男人。而男人一步也不應該踏入這個神聖的陵墓。但他就在洞穴裡，就在這座陵墓的心臟部位。他侵入這裡，而且在這個禁止光明、從創世之初就不知光明為何物的場所點亮了光。無名者為什麼沒有殺了這個男人？

「滾！滾！滾開！」阿兒哈盡她所能大喊。男人受到驚嚇，離開墓穴逃進大迷宮裡。墓穴與迷宮之間有一扇堅固的鐵門，阿兒哈將這扇門關上，將格得完全困在迷宮中。

侵入洞穴的男人與光。阿兒哈的成長需要這兩者，但這也意味著打破禁忌，具有以性命為賭注的危險性。黑暗或許還是保持黑暗比較好。阿兒哈在那裡能夠生而復死，死而復生，擁有永恆的生命。那裡不存在明確的個體，因為人類必須付出體驗死亡的代價，才能獲得明確的個體意識。

女性恬娜放棄恬娜的身分，成為阿兒哈，並且在失去名字的同時，獲得永恆的生命。然而如同格得日後指出的，恬娜並沒有死，她還悄悄地活在阿兒哈的內在。格得的侵入讓恬娜開心，卻讓阿兒哈發怒。她必須對抗這個巨大的矛盾。如果沒有經過這種受愛恨兩個極端撕扯的體驗，女性或許也不可能成長吧！

格得從前得到了一個「厄瑞亞拜之環」，但只有半邊。他為了尋找這個環的另一半，千里迢迢來到峨團陵墓。他從傳說中得知另一半就在這座迷宮的大寶藏室中。過去也曾有像格得這樣的巫師侵入迷宮，最後沒有達到目的就死了。因此他在這麼做的同時，也非常了解這次行動的危險。

格得立下許多戰功，甚至被稱為龍主。但他卻覺得自己內心深處**有缺陷**，並且感受到一股衝動——為了補足這個欠缺的部分，他必須完成些什麼。因此他侵入不曾見過光的黑暗中，試著在那裡打破禁忌、點亮光明，也因此在那裡遇見一名女性。

這名女性將格得困在迷宮裡，想要殺了他。地底的大迷宮正好象徵了女性的神祕。迷宮中雖然有大寶藏室，但許多人在取得寶物之前就喪命了。對男性而言，最重要的不是將這個黑暗的世界視為「女性的事物，與自己無關」，而是必須將其當成自己內在的事物來理解，慢慢地摸索調查。只不過，如果想要抵達更深處的世界，還是得借助內在的女性之手。

男性活躍於商界、學界等各種領域，自以為了不起，但他們的活躍與其說受「無名者」的支持，還不如說大半正「被吞食」。如果想要看證據，可以去問問那些在社會上活躍的人，他們「真正的名字」。「某某部長」、「某某經理」或「某某教授」等等，當然全部都是偽名，轉瞬之間就會失去。

如果與老男人說話，他們幾乎都會告訴你過去以**偽名**活躍時的事跡：「我以前還是某某的時候……」幾乎沒有人懷念那些當自己還使用自己「真正的名字」時所交往的人。而這樣的人或許只有兒時的青梅竹馬吧！但偽名在長時間的使用下變得愈來愈強大，使用真正名字的人生就此消失。阿兒哈也是男性心中存在的女性。在這個故事中，男性與女性同等重要。

04 光與暗

阿兒哈在遇到格得之後就陷入愛恨之苦，而這也是光明與黑暗之戰。

阿兒哈關閉墓室與迷宮交界處的鐵門，將格得困在裡面。她很清楚地面上四處散布著可以窺看迷宮的窺孔，因此透過窺孔悄悄窺視。這位男巫師得知門關起來之後，便唱誦咒語，想用法術的力量將其開啟。他的法術雖然讓門發出了雷鳴般的聲響，但門依然文風不動，他似乎放棄了，吃了麵包並喝了少許的水就睡下休息。但是水看起來幾乎沒剩多少了。

阿兒哈向柯琇報告有男人侵入迷宮。柯琇驚訝到幾乎眼珠暴凸，但她知道男人被困在裡面後就安心地說，只要放著不管，幾天以後男人應該就會死去，到時候再派隨從去將屍體運出來。阿兒哈聽了卻突然說，「我要把他活著找出來」，接著再對訝異的柯秀說明，「這是為了延長他死亡之前的痛苦」。玷汙墓室的罪人，應該接受更痛苦的懲罰。當人類強烈主張某件事時，經常下意識地潛藏著相反的意圖。

阿兒哈非常後悔找柯琇商量。她其實應該自己一個人想清楚的。確實是如此。但人類在深思之前，不也想要先依賴自我的發想嗎？一旦準備開始實行，才會重新思考：「不，應該先等等。」阿兒哈心想：「既然都要處死他，就應該讓他在陽光底下死個痛快。他是幾百年來第一個勇敢闖進墓穴的竊賊，或許比較適合死在刀鋒下。」雖然想要處死男人的想法不變，但她心中已經稍微對格得產生了好感。

當晚阿兒哈幾乎沒睡。她的時間被儀式等活動占據，直到第三天才在其他窺孔找到格得。阿兒哈確定他已經虛弱不少之後，快速地告訴他前往彩繪室的路徑。阿兒哈不知道自己為什麼這麼做，她的內心已經大幅動搖。

阿兒哈的內心掙扎了幾次，最後終於帶著馬南去到格得所在之處。格得已經累得倒下。阿兒哈制止了準備殺掉格得的馬南，要馬南背著他去彩繪室，並且讓格得躺在自己的斗篷上。馬南連忙說：「他會玷汙第一女祭司的袍子。」阿兒哈則若無其事地回答：「再織一件新的就好了。」

阿兒哈餵格得喝一點水，取走了他的巫杖，以及他用銀鍊子掛在脖子上的金屬碎片（失落之環）。

隔天阿兒哈獨自去找男人說話。男人告訴她自己名叫雀鷹，接著詢問她的名字。她說自己叫阿兒哈，但「這不是真正的名字」。他們對話時，她的態度也隨著自己的心，在敵意與好感之間擺盪。最後她氣得拋下一句狠話「我就讓你被黑暗之主食盡靈肉！」之後，揚長而去。

然而過了三天，阿兒哈又帶著食物與飲水來找他。格得告訴阿兒哈許多她所不知道的世界，而她也被這些故事吸引。但是當格得提到龍的時候，她突然發起脾氣。這個男人知道太多事情，有過太多事蹟，讓她覺得難以忍受。「我知道的只有黑暗，」她大叫，「你什麼都懂，但我只知道一件事，而這件事是唯一的真實，這點毫無疑問！」

她所說的話不是完全沒有道理。她確實知曉「黑暗」，這是很了不起的事情。黑暗對於博學多聞、事蹟眾多的格得而言，也是未知且有價值的事物。但黑暗卻不是她所說的「唯一的真實」。只有光明與黑暗兩者同時並存，真實才能存在。

阿兒哈為了測試格得，要求他展現法術的力量。格得用炫目的法術讓她穿上華美的服裝。但柯琇似乎透過窺孔監視他們的互動。阿兒哈背脊發涼，她不知道柯琇會做出什麼事，於是命令馬南將格得帶去大寶藏室。即便如此，阿兒哈依然完全不信任格得，她聲明要將格得幽禁在這裡，只不過會把食物與水帶來給他。阿兒哈離開時，格得凝視著她，接著說：「恬娜，請小心。」格得知道了她的真名。

恬娜因為格得叫了她的名字而找回自己，她沒有被食盡，全新的生命在她心底蠢蠢欲動。然而這也成為一種妨礙。柯琇首先對阿兒哈的行為起了疑心，試圖想辦法除掉她，讓所有一切都臣服於神王的權力，使自己登上第一女祭司的寶座。柯琇早已不相信「無名者」之力的存在。

另一方面，馬南則希望靠著「無名者」之力打倒柯琇，幫助阿兒哈，為此必須處死侵入者格得，平息無名者的憤怒。馬南與柯琇不同，他全心全意為阿兒哈著想，但這也代表必須扼殺在阿兒哈心中萌芽的恬娜。馬南的愛抗拒新的事物。

阿兒哈（恬娜）去找格得。當格得呼喚她「恬娜」時，她哭了出來。她再也無法相信至今一直信賴的「無名者」了。柯琇甚至聲稱無名者已死。她陷入混亂，連自己也搞不清楚自己到底是阿兒哈還是恬娜。格得則溫柔地為她說明。「黑暗的力量是存在的，」他說，「我們不應該否定他們（無名者）的存在，也不應該遺忘，但是他們也不應該接受崇拜。」與其屈服於無名者的支配，恬娜更應該脫離這裡獲得自由。

格得也向她解釋「厄瑞亞拜之環」是什麼。這個環在漫長的歷史變遷中分裂成兩半，其中一半在格得追捕自己的影子時意外取得，另一半則藏在峨團陵墓的迷宮中。

格得說明完畢後，建議恬娜和自己一起逃出這裡。但是她尚未下定決心。她認為如果自己不再侍奉黑暗者就會被殺死。格得聽了之後則對她說：「妳不會死，死的是阿兒哈。」

「但是……」她依然猶豫不決，格得於是斬釘截鐵地對她說：「恬娜，聽好。想要轉世重生的人，必須先經歷死亡，但這沒有旁人看起來的那麼難。」

人為了轉世重生，確實必須先經歷死亡。但我認為這個過程應該不像格得所說的「沒有那麼難」。

身為心理治療師，我曾陪伴過許多人經歷象徵性的「死亡與重生」的過程。這的確不是一件容易的事。因為人類對死亡的抗拒相當強烈。那麼，為什麼格得會這麼說呢？恐怕是因為事態緊急，他無論如何都得迫使恬娜下定決心，而且他也深信彼此之間已經產生了信賴感吧！

恬娜太過害怕無名者，認為他們已經逃不出去了。但格得聽了之後則對她說，他們之間有信任。

「我們獨自一人的時候都很弱小，但只要彼此信任，我們就不會有問題，會變得比黑暗的精靈更強大。」

格得很感謝恬娜親切對待侵入陵墓的自己，而他也在第一次見到恬娜的瞬間就信任她了。格得說：「妳在那之後也一直相信我，還想盡辦法給我幫助，我卻無從回報。但是我現在把所有的一切都交付予妳。我的真名是格得，這個名字已經是妳的了。」接著格得把原本裂成兩半的銀環合在一起，兩者完美重合。恬娜也下定決心，「我跟你一起走」。

就在兩人想要逃離時，馬南試圖將格得推下深淵，但自己卻不慎踏空，跌入洞穴內的無底深淵。無名者的憤怒在兩人即將逃出時上升到最高點，迷宮隨著地震崩毀，也將裡面的柯琇壓死。少女因為阿兒哈死去而恢復恬娜的身分時，柯琇與馬南也都死了。

兩人來到港口，準備搭乘格得的船一起前往他居住的黑弗諾。恬娜在途中因為想起馬南而佇足不前。恬娜說：「馬南愛我，總是對我很好。他用盡全力守護我，但我卻害死他。所以我想一直留在這裡。」這段話打動格得，他甚至還告訴恬娜說既然如此，自己也一起留下來。但恬娜拒絕了：「不，不行。我知道我們不能留在這裡。我只是在鬧彆扭而已。」

恬娜的抗拒不僅止於單純的鬧彆扭。就在格得的船終於準備出發時，她握著短刀站在格得面前。格得假裝沒有看到，呼喚恬娜出發，而恬娜也順從了。她的憤怒不可思議地消失，終於感受到自由。「但是，她現在無論如何也感覺不到在那座山裡所體會到的喜悅。恬娜將臉埋在雙臂當中哭泣，兩頰被鹹鹹的眼淚沾濕。她為過去臣服於邪惡時所浪費的徒勞歲月流下不甘的眼淚，也為自由帶來的痛苦哭泣。」

獲得自由是痛苦的。死亡與重生說起來簡單，但得到重生也將伴隨著巨大的痛苦與悲傷。

長時間為精神官能症所苦的人，在症狀消失後，將承受一股說不出的情緒，這股情緒既非悲傷，也非不安，除了本人之外，誰也察覺不到。甚至有人在症狀消失之後，因為身邊的人太過單純的喜悅而自殺。

格得與恬娜一起回到黑弗諾，並暫時將恬娜安置在他師父歐吉安那裡。但這兩個彼此信任的人既沒有住在一起，也沒有結婚。格得或許會在恬娜需要他的時候陪伴她，但他也說：「我只能遵循傳召之命行動。」恬娜需要他時，他甚至可以從墳墓中爬出來，但他說：「我無法永遠只和妳在一起。」

各位或許會覺得格得與恬娜沒有結婚很不可思議。因為在西方民間故事中，可以看到許多結婚的快樂結局。

男女的結合，在西方擁有極高的象徵性。勒瑰恩絕對不是否定男女結合的象徵意義。她也透過失落之環的「結合」象徵這點，而格得也對恬娜坦白自己的真名，甚至說出「我把所有的一切都交付予妳」，還說正因為兩人之間擁有「信任」，才能完成這項任務。那麼他們兩人為什麼沒有結婚呢？

這或許是因為男女結合真正的象徵意義在歐美已經逐漸消失，大家對於結婚這個事實的想像都過度美好，因此會以為結婚就是快樂的結局。但仔細想想，結婚這件事情本身並沒有那麼難，難的是男女真正的結合。大家就是忘記這點，以為結婚就是「結局」，日後才會產生這麼多必須以離婚收場的爭吵。而且占有性的愛——譬如馬南的愛——容易伴隨著婚姻關係產生，我們也逐漸清楚這將妨礙對方成長。結婚當然很棒。然而耐人尋味的是，如果不將結婚當成快樂的結局，而是看成痛苦的成長過程的開端，就一點也沒錯。但作者或許覺得美國社會一直以來對於結婚的印象都太過陳腐，所以才想避開這樣的結局吧！

第十章

勒瑰恩[1]《地海彼岸》

01 老與少

自我與陰影的對比，在地海三部曲的第一集提供了重要的觀點，第二集則是男與女的對比。到了第三集，生與死的對比變得愈來愈重要。前面已經提過，均衡是地海三部曲的主題之一，正因為如此，許多對比都成為目光焦點，而這些對比當中，生與死或許可說是最大的主題。死亡具有無與倫比的重量。

在談論生與死之前，先讓我們想想從本書一開始就出現的老與少的對比。「老」不樂見變化，「少」卻喜愛變化。當「少」勇往直前企圖追求改變時，「老」則傾向於將注意力擺在整體的不變性。

而在思考身為個人的父親與兒子時，會先考慮兩者**對立**的狀況，譬如佛洛伊德的伊底帕斯情結（Oedipus Complex，又譯為戀母情結）。兒子在某種意義上必須超越父親，尤其若圍繞著男女這個軸心，父親與兒子的對立就會變得更明確，進而發生伊底帕斯的悲劇[2]。

若所考慮的不是個人層次的父子，而是人類心理內在的老、少組合，就會知道這樣的組合存在於一個人的心中。換句話說，每個人無論年齡大小，都擁有年老的部分與年少的部分，因此人類既會改變，也不會改變。要說人類會改變，確實經常改變，但也必須說人類也有從出生到死亡都完全沒改變的部分。就這層意義而言，老與少兩邊沒有哪一方勝過哪一方，雖然有時會由其中一方暫時占上風，但整體而言是在良好的平衡之下協調運作。

這個故事從年僅十七歲的年輕人亞刃前往拜訪大法師格得，向他報告自己國家的壞消息開始。亞刃是統治英拉德島的君王之子，這個群島距離格得居住的柔克島相當遙遠。據說亞刃出身的莫瑞德家，繼承了地海世界最古老

1 譯註：本書有中文版，《地海彼岸》（*The Farthest Shore*），蔡美玲譯，繆思，二〇〇二年。

2 譯註：伊底帕斯是希臘故事中的悲劇人物，出生時被預言會弒父娶母，而預言最後也應驗了。

的血統。根據亞刃的報告，愈靠近地海世界的邊境，發生的災害就愈多，而且法術也失去效力，這代表世界的均衡從根本之處遭到破壞。

亞刃在與大法師格得談話時，產生了想為他效勞的決心。雖然格得對未來將成為君王的亞刃說：「你該效力的是你的父王而不是我。」但亞刃的心意沒有改變。他「對大法師懷著近似於戀愛的情緒」。當天晚上，亞刃在睡前想了許多，他甚至覺得法術是否正在消失呢？亞刃心想：「說不定法術真的逐漸從這個世上消亡，但即使如此，我還是想留在大法師的身邊，就算他失去了力量與法術，就算我再也看不到他，就算他不再與我說話……」

亞刃在這裡對格得展現的感情，可以用「近似於戀愛」形容嗎？為什麼格得會如此吸引亞刃呢？想必連亞刃自己也不明白。因為格得「就算失去魔法」、「就算不再與他說話」，亞刃還是想留在格得身邊，亞刃對格得的依戀已經沒有什麼「理由」可以解釋了。亞刃透過直覺知道那裡有「路」，只要順著這條路走，就能得到指引。一生當中未曾有過這種體驗的人是不幸的。

格得召集柔克島的師父，告訴他們整個地海世界正面臨重大危機，為了採取對策他必須出去旅行，並且提議帶著亞刃前往。形意師父對此表示：「任何人登上柔克島的海岸都不是偶然，這個帶來消息的莫瑞德子孫也絕非例外。」格得於是與亞刃一同出發。

格得與亞刃這對老少組合相當耐人尋味。他們沒有血緣關係，亞刃也不是格得的繼承人。他們只是互相欣賞對方，朝著共同的目的行動。但他們也不是同事。亞刃認為自己是格得的隨從，但後來格得卻說：「我以為自己帶著追隨者，但亞刃，追隨的人是我。是我跟著你到這裡來的。」

第一集的格得是年輕人，歐吉安則以老法師的身分登場。「歐吉安—格得」、「格得—亞刃」這兩對搭檔巧妙呼應。真要說起來，格得既年老也年少；第三集既是故事的結束也是開始。老與少的對比之中就包含著這樣的悖論。

02 旅行

格得與亞刃出發了。但這趟旅行是一趟名副其實的漫無目的之旅。格得在第一集的旅行也不知道對手在哪裡，但至少能夠確定對手的存在。但這次的旅行就連對手是誰都不知道。他們只知道有某些事情不對勁，不能就這樣置之不理。

這樣的「旅行」與心理治療的過程極為相似。治療師只知道來諮商的人抱著某種煩惱，必須想辦法處理。外行人在這時候會試圖找出「原因」，譬如是母親的錯或是本人個性差，並且對症下藥。但我們心理治療師不會輕易確定對手或方向，而是會與對方進行一趟兩人的內心世界之旅。我們旅行時會逐漸搞不清處是誰帶領誰，這點也和格得與亞刃的情況一樣。

兩人搭著格得的船「瞻遠號」出航。亞刃在旅行時發現格得一次也沒有使用法術。若是成為大法師，就不會輕易將法術使出來，但也並非絕對不使用。

兩人的第一站是霍特鎮，他們在那裡見到一位名為賀爾[3]的人物。這個人過去也是巫師，但現在因為失去使用法術的能力而完全墮落。兩人被賀爾欺騙，在房間裡遭強盜襲擊。亞刃想要救格得，於是拿著裝有金幣的袋子逃跑，將盜賊引出屋外。但儘管他拚命地逃，最後還是被抓到。盜賊將他關進海盜船裡，準備當成奴隸賣掉。這時格得前來救他，並且大量使用法術。瞻遠號在平靜無風的海上，受法術之風驅動追上海盜，格得立刻用法術破壞鎖住亞刃的鍊子。

何時該使用法術，何時又不該使用法術，這應該是個相當困難的問題。這個問題恐怕沒有固定的答案，必須由各個法師根據不同的場合進行判斷。能夠稱得上原則的，大概只有「最好盡量避免使用法術」吧？格得強調「對

3 譯註：這個人的名字在日文版譯為「兔子」。

人類而言，做些什麼遠比什麼都不做容易多了」。沒有什麼比不使用法術更好。但就算是大法師格得，為了拯救亞刃也不得不將法術使出來。

兩人離開霍特鎮，前往下一站洛拔那瑞。那裡是有名的絲綢產地，但最近生產的絲綢不同於以往，讓人覺得似乎少了點什麼。他們為了找出原因，朝著洛拔那瑞前進。這對老與少在航海途中的對話相當有趣。

亞刃做了許多夢，他於是問格得，巫師重視夢境嗎？亞刃說：「我在想，夢境中是否也存在著真實……」格得聽了之後隨口回答：「應該存在吧」。亞刃接著問：

「夢境真的能夠預知未來嗎？」

這時候格得剛好釣到午餐要吃的魚，因此完全將這個問題拋在腦後。

亞刃又問格得：「我們要在洛拔那瑞尋找什麼？」

格得回答：「尋找我們正在找的事物。」

這不是答案。面對亞刃難得提出的問題，格得為什麼故意忘記回答，或是岔開話題呢？是因為格得也不知道答案嗎？還是亞刃問的方式不對呢？或者格得希望他自己思考？事實上，在這種「漫無目的的旅程」中，年輕人直接發問，想從老人口中聽到答案的態度本身就是個問題。

亞刃自己找到了好的「答案」。他又找格得說話。他用英拉德島的一個故事當開場白：「這是一位年輕人的故事，這位年輕人的老師竟然是顆石頭。」格得問：「喔？這位年輕人學到了什麼呢？」亞刃回答：「他學到不要發問。」

亞刃在察覺自己態度的同時，也夾雜著幽默將其表現出來。這麼做很了不起。這趟旅程是名副其實的「賭命」之旅，如果態度隨便，甚至可能遭遇致命危機。話雖如此，也不能失去「從容」。從容能夠產生幽默。認真而放鬆，或許可說是執行所有偉大事業的共通原則。

然而當旅途變得更危險時，亞刃開始感到「自己將身心交付給一個什麼事都不說、讓人忍不住擔驚受怕的男人，是一件愚蠢的事」，並且覺得格得「總誘使人衝動行事，然而當別人展開行動時，他又置之不理，無論別人的生命受到什麼威脅，他都不打算出手幫忙」。前述的情緒，與亞刃初次見到格得那天感受到的情緒完全相反。但亞刃的情緒在這兩個極端之間擺盪，也是這趟「旅行」的意義。人類遇到所有事情時，都只能透過「體驗」逐漸理解其意義。

亞刃面對格得時的情緒，可說與接受分析的人面對分析者時感受到的情緒相同。內心世界之旅非常不容易。格得與亞刃的旅程，接下來也將逐漸進入更深層的異次元世界。

03 異次元的世界

洛拔那瑞曾是知名的絲綢產地。但這幾年洛拔那瑞的絲製品卻有一點不對勁。這個不對勁不是缺少什麼或是顏色改變等可以具體指出的問題，就只是「哪裡不對勁」。

這樣的描述也巧妙地表現出現代人不安的本質。如果要說擁有，現代人確實擁有住居、食物以及其他許多東西，甚至擁有太多了。但人們依然覺得缺少了什麼。真要說起來，就是這個世界出現了看不見的嚴重龜裂。讓人產生不知何時會掉進裂縫裡的不安，但卻完全不知道這樣的不安從何而來、誰又該負責。

亞刃說，洛拔那瑞無論是人還是物都有點不對勁。「大家似乎都無法區別各種差異。昨晚有人對村長說：『你分不出膠彩顏料的藍色與天空真正的藍色。』他說的一點也沒錯。」接著又說：「在他們腦中，顏色也好、區別也好、界線也好，全都模糊不清。對他們來說好像什麼都一樣，所有東西看起來都是灰色的。」

老師也好、家長也好、其他所有的大人也好，如果只用考試分數評斷孩子，孩子不就看起來「全部都是灰色的」嗎？如果老師不理會孩子心裡發生什麼事情，只去計算○與X的數量，那麼他們不就相當於「分不出膠彩顏料的藍色與天空真正的藍色」嗎？現代社會中「均一化」與「一致性」的力量，讓人們變成灰色的。雖然所有的事物都**如常地順利運作**，但回過神來就會愕然發現，世界上存在著肉眼看不見的龜裂。

格得說，他要帶著路上遇見的瘋子薩普利同行，請他擔任嚮導。亞刃大吃一驚，格得卻回答：「奇異的路徑就要有奇異的嚮導。」亞刃盡可能冷靜地反駁：「這……這不管怎麼想都違反理性！」格得卻逼迫亞刃做出決定：「沒錯，這件事違反所有理性。但我們接下來要前往的，不是受理性指引的地方。你會怎麼做呢？你要去，還是不去呢？」亞刃儘管心有不甘，依然說他會遵守「到哪裡都為您效勞」的諾言。內心世界之旅無法只依靠理性，有時也必須違反理性。

他們在薩普利的指引下登陸「歐貝侯島」，沒想到一行人遭到島民的長矛攻擊，格得負傷，薩普利跳進海裡。亞刃拚命划槳逃離。結果薩普利溺死，負傷的格得也失去以咒語驅動船隻的力量。亞刃疲倦至極，最後放棄划槳。他們甚至連絕望的航行都稱不上，只是持續漂流。

亞刃看著橫躺著的格得，心想：「現在眼前這個男人，已經沒有任何權力。」他是一個既沒有法力也上了年紀的男人。「這個男人既沒有出手救薩普利，也沒有將射向自己的長矛轉向。這個男人將同伴帶入險境，卻完全不出手幫忙。現在薩普利死了，這個男人也快死了。自己不久之後也會死吧？因為這個男人的失敗，我們做的事情全都徒勞無功……」

我真的很清楚亞刃的絕望感。但異次元之旅必定會伴隨著這樣的體驗。明確做好死亡的心理準備時，不可思議的事情就會發生。

「浮筏族」的人救了他們。

浮筏族以浮筏為家，生活在外海。他們個子矮，眼睛大，身體瘦得像針一樣。他們好心照護格得、與亞刃一起游泳，甚至邀請他們兩人參加族裡的祭典。格得說：「純真雖然不具備對抗邪惡的力量，卻具有守護、支持良善的力量。」格得的傷就在純真的浮筏族幫助下，逐漸痊癒了。這就是內心世界之旅的有趣之處。遭遇致命危機之後，完全意想不到的好運就會來訪。譬如遇到突然現身的浮筏族，這時情況就說不出地有趣。旅途中的難關不應該全部靠自己的力量克服，有時也必須仰賴他人的力量才能活下去。

亞刃接受了浮筏族的幫助之後，再見到格得時向他坦白自己的「背叛」。歐貝侯族刺傷格得時，亞刃一心只害怕自己的死亡，只想逃離對死亡的恐懼，那時不要說救格得了，他甚至什麼都沒辦法做。亞刃說，他雖然誇口要追隨格得、為他效勞，但真正發生事情的時候，卻只想著自己，幫不上任何忙。

格得聽了之後，喚了亞刃的真名「黎白南」。他說：「黎白南，聽好。這個世界沒有恐懼到不了的地方，也沒有完全的終結。在寂靜之處才聽得到話語，在黑暗之處才看得見繁星。」亞刃不禁伸出雙手，緊緊握住格得的手。

為了**深化**兩個人間的關係，有時似乎也會先產生「背叛」。亞刃對格得的情感，一直維持初次見面那天燃起的熱情，一心只想獲得格得的認同（identification）。這種專一的關係，經常會產生意想不到的背叛。當兩個人一心一意想要一體化時，如果只朝著「強化」的方向前進，將會產生破壞。「背叛」或許就是「自然」為了避免發生這種事情所準備的關卡。這時兩者的「關係」多半會被切斷，或者只留下與原先感情相反的「憎恨」。但只要將彼此的眼光從強化關係的方向，轉移到深化關係的方向，這個關係就能持續下去。

所謂的「深化」是怎麼一回事呢？這不是單純地譴責對方或憎恨對方，而是試著找出只能透過發生「背叛」獲得的「關係」，也就是包含自己與對方在內的整體，在這個世界當中的定位。「深化」回答的不是「誰對誰錯」的問題，而是「這代表什麼意義」。格得與亞刃在將要面對重大任務之前，必須深化他們之間的關係。

04 龍

浮筏族招待格得與亞刃參與他們的祭典，就在大家玩得正愉快時，飛來了一隻龍。所有人都嚇了一跳。格得用太古語與龍交談之後得知，龍其實是來召喚自己的。龍族向人類尋求幫助雖然不可置信，但西國有「一位龍主」擁有強大的力量，他想要毀滅龍族。龍族敵不過他，所以希望格得想辦法幫助他們。於是格得立刻帶著亞刃，搭上瞻遠號往西方出發。

龍在「地海系列」的第一集與第三集都出現過，他們到底是什麼呢？亞刃在本集的開頭，曾向格得請教龍的事情，格得是這麼說的：「龍就像是夢。我們人類會作夢，會使用法術行善或做惡。但龍不作夢，龍本身就是夢；龍不使用法術，因為他們的存在本身就是法術；龍什麼也不做，他們只是存在。」

「龍本身就是夢」是什麼意思呢？這句話讓作者聯想到一個事實，那就是「龍」與西方精神史中的「夢」似乎有某些吻合之處。西方精神史原本重視夢境，將其視為神諭，但經歷了啟蒙時代之後開始輕視夢境，將其當成荒誕無稽的事情，而且西方也重視勇者屠龍的故事。相較之下東方對龍懷著崇敬，而自然科學在東方並不發達。如果過於重視夢境就無法發展科學。話雖如此，將龍「消滅」時，不也會破壞了世界整體的平衡嗎？勒瑰恩認為，近代世界的病理根源就來自屠龍。因此「地海系列」不把龍消滅，但也不像東方那樣一味崇拜龍。

龍在第一集當中展現出強烈的破壞性，但到了第三集，他們的性質卻變得截然不同。我們可以看到龍與格得一起對抗終極強敵的橋段。龍的性質可說與格得的年齡密切相關。龍在格得年輕時發揮的是敵對作用，年老之後則轉變為合作者。但也只有像格得這樣對龍的意義知之甚深的人，才會發生這種轉變。有些人即便年齡增長，也繼續維持與龍之間的敵對關係，甚至因為龍的破壞性而喪命。

格得與亞刃繼續航行，抵達許多龍居住的地方。他們在那裡看到駭人的情景，那是龍吃龍的痕跡。龍原本和人類一樣不吃同類，那麼為什麼會出現這種事情呢？格得相當痛心，肯定發生了嚴重的事態。

後來他們逐漸發現，這所有的混亂，都起因於某個冀求永恆生命的男子——名叫喀布[4]——開啟了生死交界處的門，讓他即便死去也能再度回到這個世界。他就算死亡，也能通過這扇門回歸人世，永永遠遠活下去。

另一方面，柔克島的師父們因為格得出發之後就音訊全無而一籌莫展，他們儘管身負法術，依然無法知道格得的行蹤。師父們的力量愈來愈弱。柔克島上的人甚至開始懷疑法術，他們互相討論：「這裡的法術到底能做什麼？能夠拯救人類免於死亡嗎？不，但起碼能夠延長生命吧？」

法術建立在包含人類、自然等所有存在的整體均衡上。但人類的自我以自己為中心，認為自己能夠支配自然，並且也擁有支配自然的最強武器：科學。人類不就使用尖端科學，開發了相當於「起碼能夠延長生命」的方法嗎？現代人透過各種科學手段，做到了連法術也做不到的「延長生命」。但這麼做真的能夠帶來幸福嗎？真的有意義嗎？人類是否為了延長一個人的生命，而開始「吃人」了呢？

格得說龍就是夢。永恆的生命不就是人類的一個「夢」嗎？就算人類還不到擁有「永恆生命」的地步，但至少試著實現希望延長生命的夢，當人類變得過於熱中時，夢就開始吃夢。換句話說，這個夢開始蹧蹋其他許多的夢。「永遠的離別」與「總有一天再會的願望」等許多的夢，遭到維生醫療設備破壞，讓邁向死亡的人遠離其他的人。

4 譯註：日文版直譯為蜘蛛。

05 生與死

或許只有人類是「知道」自己會死亡的生物。因此人類背負著該如何接受「死亡」的課題。格得也說，這時就算產生想要盡可能避免死亡、獲得永恆生命的心情，或許也不是什麼必須譴責的事。只不過如果真的達成，就會破壞世界整體的均衡。發生在整個地海世界的、看不見的龜裂，就源自於此。

格得與亞刃在龍的引導下，來到世界的盡頭，他們以為自己見到了想找的那個人，但其實只是幻象。接著那個男人現身，用鋼條刺向格得，龍為格得擋下這一擊之後死去。敵人立刻逃進黃泉之國，格得與亞刃毅然決然追過去。

他們在黃泉之國再次見到那個男人——喀布。格得在亞刃的幫助下，用盡最後的力氣去到分隔生與死的石門前，大喊「癒合吧！合一吧！」被喀布打開的門於是關上，喀布也回歸死的世界。

格得與亞刃忍受著劇痛，好不容易回到這邊的世界。一隻龍出現在他們面前，亞刃嚇了一跳。其實這隻龍來到這裡是為了送他們回去柔克島。兩人騎在龍背上出發時，亞刃發現格得手上沒有象徵巫師的巫杖。但格得說：「黎白南，別管巫杖了。我已經在黃泉源頭用盡所有法力，現在已經不是巫師了。」格得變成了一個平凡的老人。

龍說：「我將年輕的王送回他的王國，將年老的男子帶回他的故鄉。」為了讓龍成為他們的伙伴，必須深化格得與亞刃這對老少的關係，格得也必須失去法力。正因為如此，兩人才能騎上龍背翱翔天際。抵達柔克島時，格得跪在亞刃面前，深深低下他白髮蒼蒼的頭。接著他親吻年輕人的臉頰說：「我的王、我的夥伴，願你繼承黑弗諾的王座之時，能夠帶來永久和平的治世。」

後來雖然有各種關於格得的傳說，但他完全消失了蹤影。或許他的使命已經完成，沒有必要繼續留在這個俗世了吧！

綜觀格得第一集至第三集的生涯，他在第一集成功地整合了陰影，在第二集重合了分裂的環，帶走恬娜這位女性。格得在第三集回到故鄉時，曾說他想見見師父歐吉安與恬娜，所以我們可以推測恬娜應該就住在歐吉安那裡。格得在第一、二集的任務中都有**收穫**，但第三集的任務卻讓人覺得他似乎什麼也沒有得到。恢復生與死的平衡，只是讓世界回到原本的樣子。格得一無所獲，只為了恢復原狀就幾乎賠上性命。不過，亞刃卻在這段期間獲得了成長。

格得在第三集的任務，直接展現人生後半的課題。後半生的任務需要的能量遠非前半生能及，危險性也更高，但卻無法從中獲得任何事物。格得也在與亞刃的對話中說：「我知道，真正可稱得上力量、值得擁有的能力，只有一種。這個能力不是獲得的能力，而是接受的能力。」但想要真正理解這點，也必須付出相當的努力。

善與惡，光與暗。這個世界有各式各樣的對立，只有在這些對立之間保持平衡，世界才得以成立。「地海系列」用整系列故事的篇幅強調這點。這系列故事對生與死也是同樣的主張。但是生與死不同於其他對立，死亡是人類唯一無法活著「體驗」的事情。因此幾乎不可能真正理解兩者之間的「平衡」。當然就如同第三集所描述，格得與亞刃都經歷了極為接近死亡的體驗。如果想要理解生死平衡的祕密，這樣的體驗或許是必要的。但他們體驗到的終究不是死亡本身。

關於這點，本集的行文與前兩集相比起來，略微生硬，甚至可說缺乏較生動的描寫。龍的話語總是不明確，令人難以理解他們所說的事情。書中雖然有格得為亞刃說明的部分，但提到生與死的平衡時，語意就像龍所說的話一樣曖昧難解。這個故事做為「故事」的部分已經完結，所以作者寫得就像格得已經透過體驗，理解了生與死的平衡一樣。但即便是這樣的格得，也立刻在人前消失蹤影。因此我認為比較明智的想法是，只要人還活著，就無法明確闡述生與死的平衡。格得總是與亞刃一起行動，考慮到格得離開之後留下亞刃這點，就會發現結束與開始直接相連。故事的結尾無論看起來多麼像「結局」，也總是會成為全新開端的宣言。

後記

我在《飛翔教室雜誌》的二十三期至三十八期間，撰寫了〈閱讀兒童文學——「奇幻篇」〉的連載專欄（雖然中間跳過幾期），連載共有十四回，本書就是從這些文章整理而成。

如同我在本書序論中所寫的，沒有討論任何一篇日本作品雖然很遺憾，但這也是沒辦法的事。本書挑選出的作品都是傑作，是我認為最適合探討「靈魂」的作品。書中的每部作品，都是兒童文學愛好者向來熟悉的，只有梅罕的《魔法師的接班人》，才剛出版我就選來討論。至於勒瑰恩的「地海系列」，則是我印象深刻的作品，因為我曾在岩波的市民講座中演講過。當時的內容以「『地海系列』與自我表現」為題*，收錄在一九七八年九月的

《圖書》當中。但我一直希望能夠試著探討地更詳細一點，所以將三集分開來個別討論。

＊ 譯註：第八章提到時的標題是「『地海系列』與自我實現」，但收錄的書不同。

〔解析〕

展現靈魂的真實

河合俊雄

如同〈後記〉所提到的，本書根據一九八七年至一九九一年，在雜誌《飛翔教室》連載的專欄「閱讀兒童文學——奇幻篇」編輯而成。各位從標題也可看出，這是本叢書《閱讀孩子的書》的續篇，而這兩本書中都收錄了開頭〈兒童文學與靈魂〉的文章。所以雖然書名是「奇幻文學」，但本書挑選的作品全部都屬於兒童文學。

為什麼要閱讀兒童文學？

為什麼河合隼雄會對兒童文學這麼感興趣？河合隼雄的人生充滿了偶然與邂逅。他之所以會開始研究榮格心理學，也只不過是因為他在加州留學時，專攻墨跡測驗的教授剛好就是榮格學派罷了。而就像他本人寫的，他之所以會進入兒童文學的領域，很大一部分也是因為認識了許多作家。此外，他在本書的開頭也提到，自己與孩子共讀，或許也成為他接觸各種兒童文學的契機。本書挑選的作品，大部分都令我相當懷念，因為我曾與父親河合隼雄一起閱讀，討論彼此對作品的印象。

但這樣的偶然中也包含了必然。榮格心理學相當重視神話與傳說，因為這些故事經過長年流傳，已經除去個人的部分，直接展現出心理層面最基本、深層的部分。兒童文學也是同樣的道理，相較於技巧純熟的「純文學」，兒童文學更能直接展現出「靈魂的真實」。因為比起複雜的技巧，孩子更關心故事有多精彩、多撼動人心，所以河合隼雄對兒童文學的評價相當高。而今年開始的河合隼雄故事獎也承襲這樣的理念，明確指出「兒童文學也包含在內」。

奇幻與現實

本書挑選的作品都是所謂的奇幻文學。有些作品的現實與幻想形成兩個世界，從現實當中有一條邁向奇幻世界的通道，譬如《湯姆的午夜花園》就是典型；也有一些作品完全以奇幻世界為舞台，譬如勒瑰恩的「地海」系列。河合隼雄本身已經在〈為什麼選擇奇幻文學〉中，詳述對奇幻文學的理解，因此或許不需要更多的說明，但我還是想再多少解說一些。

奇幻文學雖然站在現實的對立面，卻不是「虛構的故事」。因為幻想中存在著自己無法控制的自主性力量與真實性，所以也能為現實帶來改變。河合隼雄對奇幻文學的關注與理解方式，很大一部分來自心理治療的經驗。心理治療的會談本身站在日常生活的對立面，所以也能想成是一種奇幻世界，而心理治療時個案會敍述近似於妄想的偏頗見解與夢境，這也屬於某種奇幻的囈語。**但是像這樣深入接觸奇幻世界，就能產生改變現實的力量。因為，幻想比現實更加現實。**

所以奇幻文學如果只是單純的「逃避現實」，或是權宜之下的「虛構故事」，現實或許就不會有任何進展。河合隼雄對於「虛構的故事」或「偽奇幻文學」的態度相當嚴厲。當然本書選出來的都是他很喜歡、評價很高的作品，沒有任何一部作品是為了批判才選進書裡。雖然很可惜無法舉出例子，但我也想補充說明，河合隼雄對於「偽」奇幻文學、「無趣的」作品的批判相當嚴厲。這也是為了避免讀者扭曲了好不容易看見的「靈魂的真實」。

為了大人重說故事

河合隼雄的方法論是閱讀作品的內在，不是依靠作者的生活史等資訊，或者套用某種理論，從外部解讀作品。我也同樣從內在閱讀村上春樹的作品

（《當村上春樹遇見榮格》，新潮社，中文版由心靈工坊出版），所以完全贊成這樣的方法。這和仔細傾聽個案描述、不依靠外在資訊，只從夢境或想像掌握個案狀況的心理治療，可說具有共通的態度，也可看成是透過心理治療訓練出來的技巧。

但「說故事」更是河合隼雄的特長。本書挑選的作品中，很可惜地也包含了一些我還沒讀過的故事，但只要順著河合隼雄巧妙且正確的敍事，我也能充分理解、品味作品的樂趣。如果是讀過的作品，更能喚醒鮮活的印象。

河合隼雄也會在說故事時，突然穿插評論，讓人時而驚訝、時而點頭稱是。以《瑪麗安的夢》為例，故事從主角瑪麗安生病開始，河合隼雄對此做出這樣的評論：「幾乎所有的疾病都有意義」。後來當母親詢問瑪麗安關於夢境的事情時，瑪麗安卻避開話題，河合隼雄對此則這樣說明：「人類為了成長必須擁有祕密」。

孩子或許透過閱讀就能直接獲得感動。但是成人，或是擁有複雜意識、不再純樸的近代人，就會想要從故事中尋求解釋，或賦予故事意義吧？本書確實為了照顧這種成人的意識，而重新敘述奇幻故事。

各種搭檔的重要性

我也發現河合隼雄從各式各樣的作品中抽出重要的搭檔。舉例來說，《瑪麗安的夢》當中，重要的搭檔是年齡相仿、同樣都生病的瑪莉安與馬克。《湯姆的午夜花園》中的搭檔則是湯姆與海蒂，而海蒂其實是巴塞洛繆老太太。《地海彼岸》則是年老的格得與年輕的亞刃。

我們在提到人際關係時，想到的難免都是親子關係、家族關係或情侶關係等模式。站在精神分析的立場，也往往會被這些模式束縛住吧？但這些作品中展現的靈魂搭檔更自由、更多樣。這些搭檔可能是男女，可能是老少，可能是兄弟。故事的最主要目的不一定是加深搭檔之間的關係，更重要的是主角在故事中實現了什麼、獲得了什麼樣的改變，這點非常耐人尋味。

如同河合隼雄也指出的，這些搭檔讓我們聯想到心理治療的情況。首先，個案的心裡會誕生各式各樣的搭檔，有時這些搭檔也會由個案與治療師來扮演，但在這時候，直接強化個案與治療師的關係未必是目標。

河合隼雄也數度指出搭檔關係的逆轉，這點也讓我印象深刻。舉例來說，《地海彼岸》中引導者與被引導者之間的關係，也在不知不覺間逆轉了。心理治療中也經常發生這樣的狀況，這或許是順應「靈魂的真實」所帶來的結果。

關於死亡

河合隼雄對靈魂及故事的關注，連結到對死亡的關注。本書也隨處都以死亡為主題。他甚至將「我們與什麼樣的死後世界連結」（《心靈的最終講義》，新潮社）當成課題。榮格在七十歲時從重病中重生，並且描述了遠離地球的體驗，但河合隼雄卻不同，他突然病倒，還來不及告訴我們任何重要的教誨就撒手人寰，很多人應該都感到非常遺憾！

但是《地海彼岸》中的大賢者格得，在生死交界的門扉再度關閉後，就悄悄消失在人們面前。河合隼雄認為世界上有許多對立的事物，譬如善與惡、光明與黑暗，正因為這些對立達到均衡，這個世界才能成立，但他也提到生與死和其他對立不同，因為「只有死亡是人類有生之年無法經歷的『體驗』」。最後他也做出總結：「我認為比較明智的想法是，只要人還活著，就無法明確闡述生與死的平衡。」河合隼雄在本書出版時還只有六十三歲，我雖然無法確定他在十幾年後是否依然採取同樣的說法，但最後的總結讓我覺得，他即使沒有再對死亡發表看法也無所謂了。

二〇一三年　七回忌之前

（河合俊雄，臨床心理學者）

〔附錄〕

延伸閱讀

- 《閱讀孩子的書：兒童文學與靈魂》（2017），河合隼雄，心靈工坊。
- 《故事裡的不可思議：體驗兒童文學的神奇魔力》（2016），河合隼雄，心靈工坊。
- 《孩子與惡：看見孩子使壞背後的訊息》（2016），河合隼雄，心靈工坊。
- 《轉大人的辛苦：陪伴孩子走過成長的試煉》（2016），河合隼雄，心靈工坊。
- 《青春的夢與遊戲：探索生命，形塑堅定的自我》（2016），河合隼雄，心靈工坊。
- 《祕密花園》（2016），F・H・伯內特著，聞翊君譯，野人。

- 《愛麗絲夢遊仙境》（2015），路易斯·卡洛爾著，劉思源譯，格林。
- 《日落的幻影》（2015），伯內特著，清華大學出版社（簡體）。
- 《我和我的好朋友》（2015），耶里希·凱斯特納著，賴雅靜譯，聯經。
- 〈人依靠什麼而活〉，收錄在《人依靠什麼而活：托爾斯泰短篇哲理故事》（2015），托爾斯泰著，木馬文化。
- 《回憶中的瑪妮》上、下冊（2014），瓊·羅賓森著，王欣欣譯，台灣東販。
- 《艾莉緹的復仇》（2012），瑪麗·諾頓著，林小綠譯，台灣角川。
- 《流離失所的艾莉緹》（2011），瑪麗·諾頓著，楊佳蓉譯，台灣角川。
- 《遨翔天際的艾莉緹》（2011），瑪麗·諾頓著，林小綠譯，台灣角川。
- 《小孩的宇宙：從經典童話解讀小孩的內心世界》（2011），河合隼雄著，詹慕如譯，親子天下。
- 《金銀島》（2010），R·L·史蒂文森著，林玫瑩譯，立村文化。
- 《借物少女艾莉緹》（2010），瑪麗·諾頓著，楊佳蓉譯，台灣角川。

- 《離鄉背井的艾莉緹》（2010），瑪麗·諾頓著，楊佳蓉譯，台灣角川。
- 《小青馬》（2009），今江祥智著，二十一世紀出版社（簡體）。
- 《獅心兄弟》（2008），阿斯特麗·林格倫著，張定綺譯，遠流。
- 《長襪皮皮》（2008），阿思緹·林格倫著，賓靜蓀譯，親子天下。
- 《地海孤雛》（2007），娥蘇拉·勒瑰恩著，段宗忱譯，繆思。
- 〈有愛的地方就有上帝〉，收錄在《傻子伊凡》（2007），托爾斯泰著，志文。
- 《瑪麗安的夢》（2006），凱薩琳·史都著，羅婷以譯，台灣東方。
- 《基度山恩仇記》（2005），大仲馬著，遠流。
- 《三劍客》（2005），大仲馬著，商周。
- 《變身》（2003），瑪格麗特·梅罕著，蔡宜容譯，台灣東方。
- 《地海巫師》（2002），勒瑰恩著，蔡美玲譯，繆思。
- 《地海古墓》（2002），勒瑰恩著，蔡美玲譯，繆思。
- 《地海彼岸》（2002），勒瑰恩著，蔡美玲譯，繆思。

- 《魔法師的接班人》（2001），瑪格麗特．梅罕著，蔡宜容譯，台灣東方。
- 《湯姆的午夜花園》（2000），菲利帕．皮亞斯著，張麗雪譯，台灣東方。
- 《如影隨形：影子現象學》（2000），河合隼雄著，羅珮甄譯，揚智文化。
- 《鐵面人》（1998），大仲馬著，遠景。
- 《杜立德醫生航海記》（1996），休．羅夫登著，國際少年村；（2013），河北少年兒童出版社。

心靈工坊 PsyGarden

GrowUp 019

閱讀奇幻文學：喚醒內心的奇想世界

ファンタジーを読む

河合隼雄—著　河合俊雄—編　林詠純—譯

出版者—心靈工坊文化事業股份有限公司
發行人—王浩威　總編輯—王桂花
責任編輯—黃心宜　特約編輯—鄭秀娟　排版—李宜芝
通訊地址—10684台北市大安區信義路四段53巷8號2樓
郵政劃撥—19546215　戶名—心靈工坊文化事業股份有限公司
電話—02）2702-9186　傳真—02）2702-9286
Email—service@psygarden.com.tw　網址—www.psygarden.com.tw

製版・印刷—中茂分色製版印刷股份有限公司
總經銷—大和書報圖書股份有限公司
電話—02）8990-2588　傳真—02）2990-1658
通訊地址—248新北市新莊區五工五路二號
初版一刷—2017年4月　ISBN—978-986-357-090-5　定價—380元

國家圖書館出版品預行編目資料

閱讀奇幻文學：喚醒內心的奇想世界 / 河合隼雄著；林詠純譯. -- 初版. -- 臺北市：心靈工坊文化, 2017.04
面；　公分
譯自：ファンタジーを読む

ISBN 978-986-357-090-5(平裝)

1.兒童文學　2.文學評論

815.92　106004243

心靈工坊 PsyGarden 書香家族 讀友卡

感謝您購買心靈工坊的叢書，爲了加強對您的服務，請您詳填本卡，
直接投入郵筒（免貼郵票）或傳眞，我們會珍視您的意見，
並提供您最新的活動訊息，共同以書會友，追求身心靈的創意與成長。

書系編號－GrowUp019　　書名－閱讀奇幻文學：喚醒內心的奇想世界

姓名　　是否已加入書香家族？□是 □現在加入

電話（公司）　（住家）　手機

E-mail　生日　年　月　日

地址 □□□

服務機構／就讀學校　職稱

您的性別－□1.女 □2.男 □3.其他

婚姻狀況－□1.未婚 □2.已婚 □3.離婚 □4.不婚 □5.同志 □6.喪偶 □7.分居

請問您如何得知這本書？
□1.書店 □2.報章雜誌 □3.廣播電視 □4.親友推介 □5.心靈工坊書訊
□6.廣告DM □7.心靈工坊網站 □8.其他網路媒體 □9.其他

您購買本書的方式？
□1.書店 □2.劃撥郵購 □3.團體訂購 □4.網路訂購 □5.其他

您對本書的意見？

封面設計	□ 1.須再改進	□ 2.尚可	□ 3.滿意	□ 4.非常滿意
版面編排	□ 1.須再改進	□ 2.尚可	□ 3.滿意	□ 4.非常滿意
內容	□ 1.須再改進	□ 2.尚可	□ 3.滿意	□ 4.非常滿意
文筆／翻譯	□ 1.須再改進	□ 2.尚可	□ 3.滿意	□ 4.非常滿意
價格	□ 1.須再改進	□ 2.尚可	□ 3.滿意	□ 4.非常滿意

您對我們有何建議？

□ 本人＿＿＿＿＿＿＿＿（請簽名）同意提供真實姓名/E-mail/地址/電話/年齡/等資料，以作為心靈工坊聯絡/寄貨/加入會員/行銷/會員折扣/等用途，詳細內容請參閱：http://shop.psygarden.com.tw/member_register.asp。

心靈工坊 PsyGarden

台北市106 信義路四段53巷8號2樓

讀者服務組　收

免　貼　郵　票

（對折線）

加入心靈工坊書香家族會員
共享知識的盛宴，成長的喜悅

請寄回這張回函卡（免貼郵票），
您就成爲心靈工坊的書香家族會員，您將可以——

⊙隨時收到新書出版和活動訊息

⊙獲得各項回饋和優惠方案